Karin Müller

Kleine Schwester – große Krise

Karin Müller
wurde in Kitzingen am Main geboren. Sie studierte Angewandte Kulturwissenschaften an der Universität Lüneburg und arbeitete als Redakteurin für Zeitungen, Zeitschriften und Hörfunk. Karin Müller lebt heute als freie Autorin mit ihrer Tochter Carlotta, ihren beiden Pferden und ihrem Hund in der Lüneburger Heide.

Allys Clique

KLEINE SCHWESTER – GROSSE KRISE

Karin Müller

Schneider Buch

Hi, ich bin **ALLY**,
gehe in die 7c und habe eine Kröte, Wanda. Mit Wanda berate ich mich fast immer, aber das verrate ich natürlich niemandem. Man denkt doch sonst, ich wäre bescheuert. Und es lästern eh schon alle, weil ich total auf Hexenzauber und Kräuter stehe. Aber wenn's irgendwo brennt, dann greift meine Clique trotzdem gern auf meine Tricks zurück. Und meine Clique, das sind die hier ...

JASMIN,
7b, weiß alles, was in der Popwelt abgeht. Sie wäre ohne ihre Schminktöpfe nicht lebensfähig und versucht immer wieder, uns zu stylen und unseren Typ zu verändern. Aber dass man das wirkliche Leben damit nicht schöner malen kann, will sie nicht wahrhaben. Sie lebt mit ihrer Mutter allein und hat viel zu viel Geld. Zum Glück ist sie darauf nicht eingebildet.

MECHTI,

7b, ist unser Superhirn. Sie fischt alles aus dem Internet, was uns im Entferntesten interessieren könnte.

Sie hat die besten Noten und als Hobbys Physik und Astronomie. Mechti ist eindeutig die Hübscheste in der Clique. Auch wenn das Jasmin nicht hören darf. Mechti würde es eh abstreiten. Denn sie traut sich viel zu wenig zu.

ALEX,

7c, ist von ihrer früheren Schule in Berlin geflogen.

Das war wohl nicht das erste Mal. Na ja, jetzt hat sie uns, und wir tun alles, dass sie hier bleibt. Denn wir halten zusammen – Ehrensache. Alex ist eine tolle Sportlerin und fällt immer auf die Füße, obwohl sie zu Hause oft Stress hat, weil da ständig der Haussegen schief hängt.

LILLY,

7c, steht total auf Videos und Filme. Ihr Vater ist Türke, von dem hat sie ihre superlangen chwarzen Haare, um die sie alle beneiden. Lilly st der ruhende Pol in unserer Clique. Sie bleibt nmer gelassen. Das liegt vielleicht auch daran, ss sie sonst das Chaos ihrer beiden Brüder nicht erleben würde.

Du bist schwanger?" Das leckere Eis mit Sahne, das ich zum Nachtisch aß, wollte mir auf einmal gar nicht mehr schmecken. „Wie das?"

Meine Händchen haltenden Eltern sahen sich an und kicherten albern. Dabei hatten sie mir gerade den Appetit verdorben.

„Also, irgendetwas haben wir dann wohl bei deiner Erziehung falsch gemacht, wenn du das nicht weißt", antwortete mein Vater ernsthaft.

Mir war überhaupt nicht nach Scherzen zu Mute. Ich sprang auf und knallte meine Serviette auf den Esstisch.

„Ich dachte, Mama nimmt die Pille? Da passiert so was doch nicht so einfach."

„Ally, nun warte doch, lauf nicht einfach weg!", hörte ich meine Mutter nach mir rufen. Aber ich hielt es keine Sekunde länger im Esszimmer aus. Es schien mich mit seinen alten englischen Möbeln erdrücken zu wollen. Mir war speiübel. Ich wusste nicht, ob ich heulen oder brüllen sollte. Schwanger!

„Wanda! Wir bekommen ein Baby", presste ich heraus. Meine warzige Freundin blickte mich ungerührt aus ihren Krötenaugen an und blähte die Backen, als ob sie sagen wollte: Na und? Was geht's mich an?

„Eine ganze Menge", zischte ich gekränkt und klopfte ans Terrarium. „Vielleicht muss ich dich abschaffen, weil du zu unhygienisch bist für so einen Zwerg! Vielleicht ekelt sich Mama ja schon in den nächsten Monaten vor dir. Schwangere sind so!", behauptete ich. Das hatte ich zumindest mal gelesen. Ich würde Wanda zwar niemals hergeben, aber das brauchte sie ja nicht zu wissen. Mich so ungerührt anzublähen. So zu tun, als ob nichts sei! Jetzt schloss sie auch noch die kleinen Glubschaugen und tat, als ob sie schlief. Dabei war meine Welt schlagartig aus den Fugen geraten. Wütend klopfte ich noch einmal ans Terrarium. Aber Wanda tat, als existierte keine Welt außerhalb der Plexiglasscheiben. Sie ignorierte mich und meine Bedürfnisse. Genau wie meine Eltern!

Es hätte mir gleich komisch vorkommen müssen, dass Mama an einem ganz normalen Werktag plötzlich ein Essen mit Suppe, Salat und meinem Lieblingsfisch mit Pommes zubereitet hatte. Und dass es zum Nachtisch Eis mit Sahne gab. Das hat sie nur getan, um mich milde zu stimmen. Aber mit mir nicht!

„Ich lass mich doch nicht kaufen!", herrschte ich Wanda an.

Erschreckt öffnete sie die Äuglein und zog sich unter ein Stück Rinde zurück.

Was sollte ich nur tun? Ich ließ mich auf mein Bett sinken. Da wurde von draußen zaghaft an die Tür geklopft.

„Ally? Dürfen wir reinkommen?"

„Nein!", brüllte ich. „Geschlossen für alle über achtzehn!" Und zur Sicherheit fügte ich hinzu: „Und für Jüngere in Begleitung Erwachsener allemal!"

„Ich muss bestimmt Wanda hergeben", heulte ich meinen vier Freundinnen vor. „Und vielleicht soll das Baby dann auch noch mit in mein Zimmer! Wo lasse ich denn dann meine ganzen Sachen? Und Räucherstäbchen verträgt so ein Säugling bestimmt auch nicht! Und der Windelgestank. Da kann ich nie wieder vernünftig Schularbeiten machen!"

„Ally", unterbrach mich Lilly und fasste mich am Arm.

„Ach, was reg ich mich auf? Bestimmt verträgt Mama mein Geräuchere jetzt schon bald nicht mehr. Und es gibt nur noch sauren Hering mit Vanillesoße zum Essen. Das kann sie vielleicht mit Papa machen, der merkt so was ja nicht mal, aber nicht mit mir! Mit mir nicht! Ich werde fragen, ob ich im Tierheim übernachten kann!"

„Ally!", versuchte Lilly es noch einmal. Ich ließ mich überhaupt nicht beirren. Eine Schreckensvision jagte die nächste. Überhaupt: das Tierheim!

„Bald kann ich nur noch mit dem Kinderwagen durch die Gegend schieben. Grauenhaft!"

„Ally!!!"

„Grauenhaft!"

„Ally. Jetzt reicht's! Wenn du nicht sofort Luft holst und mich auch mal was sagen lässt, knallt's!" Lilly hielt meine beiden Fäuste umklammert und sah mir wütend ins Gesicht. So in Fahrt hatte ich sie ja noch nie erlebt.

„Hör mal zu! Das Leben geht auch mit einem Geschwisterchen weiter. Das lass dir mal gesagt sein. Ich gehe auch oft genug mit Baby spazieren, wenn du dich erinnerst. Du warst das ein oder andere Mal mit dabei. Und es hat dich gar nicht so schrecklich gestört, Gesellschaft zu haben mit deinen Hunden. Dann fahren wir eben bald mit zwei Babys los. Na und? Wo ist das Problem?"

Bei dem Gedanken daran, demnächst ein schreiendes kleines Bündel durch die Gegend zu schieben, bekam ich schon wieder die Krise. „Mir wird schlecht, wenn ich nur schon eine volle Windel von außen sehe", heulte ich auf. „Das ist soo eklig!"

„Das sagt die Frau, die einmal die Woche in Hundehaufen badet und Zwinger schrubbt, na Mahlzeit!", regte sich nun plötzlich auch Alex auf.

Mechti und Jasmin schwiegen, sahen mich aber ebenfalls mit einem leicht tadelnden Blick an. Hatten sich denn auf einmal alle gegen mich verschworen?

„Ihr habt ja keine Ahnung!", rief ich.

„Na, wenn du dich da mal nicht gewaltig irrst!", schnaubte Lilly, stemmte die Hände in die Hüften und schwang ihre schwarze Mähne kampflustig über die

Schulter zurück. „Du bist diejenige, die keine Ahnung hat. Und zwar von Babys. Und darüber hinaus hast du eine Wahnsinnsangst, dass du deinen Status als verwöhntes Einzelkind verlierst, das alles kriegt!"

Mechti und Jasmin nickten zustimmend.

Ich schnappte nach Luft. Musste ich mir das eigentlich anhören? Waren das nun Freundinnen oder bestochene Grabenkämpfer meiner Eltern?

„Halt du dich da raus!", rief ich und zeigte mit dem Finger auf Jasmin. Ausgerechnet Jasmin fiel mir so in den Rücken! Jasmin, die von ihrer tollen allein erziehenden Mutter alles bekam, was sie sich wünschte, und mit ihrem übrig gebliebenen Taschengeld jeden Monat ihr Kinderzimmer neu tapezieren könnte. Die hatte hier überhaupt nichts zu nicken!

„Ihr könnt mich alle mal!", schluchzte ich und zerrte mein altes Fahrrad aus dem Gebüsch. Sogar das hatte sich gegen mich verschworen und leistete heftig Widerstand. Als ich es endlich von dem Ast befreit hatte, der sich im Rahmen verfangen hatte, war mir immer noch keine aus der Clique nachgekommen, um mich aufzuhalten.

„Ally!", machte Mechti einen schwachen Versuch. Aber das war mir zu wenig. Ich brauchte Luft. Die kühle Brise hier unten am Flussufer reichte mir nicht. Ich schwang mich auf mein Rad und trat in die Pedale, um so schnell wie möglich von hier wegzukommen. Verräterinnen, ich war umgeben von Verräterinnen! Von meiner Mutter über Wanda bis hin zu meiner Clique: alles Verräterinnen! Meine Mutter hatte sich sogar erdreistet zu behaupten, ich hätte nichts mitkriegen wollen. In Wahrheit hätten sie und Papa schon lange erzählt, dass sie sich noch ein Kind wünschten. Ich war ihnen wohl nicht genug! Pahh!

Ohne nachzudenken, schlug ich den Weg zum Tierheim ein. Dort war ich wenigstens willkommen, wie sich auch gleich bestätigte.

„Ally! Dich schickt der Himmel. Brutus mag nicht fressen. Willst du es mal probieren?" Die Tierheimleiterin hatte mich kommen sehen. Sie stand mit einem unberührten Napf Dosenfutter in der Hand im Durchgang zu den Hundezwingern.

Ich schluckte meine Tränen hinunter und nickte. „Klar, mach ich, geben Sie her!"

Brutus war mein ganz besonderer Liebling – ein zitterndes, völlig verfilztes dunkelbraunes Wollknäuel. Mehr sahen die meisten nicht von ihm, weil er immer in der hintersten Ecke des Zwingers auf einer alten Wolldecke kauerte und leise vor sich hinwinselte. Er war vermutlich angefahren worden. Jemand hatte ihn im Straßengraben gefunden und hier im Tierheim abgegeben. Jetzt war er völlig verängstigt, der Kleine. Na ja, so klein war er gar nicht, er ging mir bis übers Knie – und er war so süß! Ich verstand gar nicht, dass sogar der Tierarzt sich durch sein Knurren hatte abschrecken lassen. Mich ließ er als Einzige wirklich nah an sich heran.

Den Namen Brutus hatte er dem Tierarzt zu verdanken, weil er ihn in die Hand schnappen wollte, als der den Verband angelegt hatte. „Auch du, mein Brutus", sollen ja die letzten Worte Cäsars im alten Rom gewesen sein, als ihn sein Ziehsohn zusammen mit anderen Verschwörern umgebracht hat. Dabei hat Brutus nicht einmal fest zugebissen. Also, den kleinen Wuschelhund meine ich jetzt! So kam es, dass es nun mein Job war, die Bandagen zu wechseln.

„Na, Brutus? Wie geht's dir denn heute?" Ich schloss die Zwingertür hinter mir und wartete, bis Brutus mich erkannt hatte und mir mit dem Schwanz wedelnd zu verstehen gab, dass ich näher kommen durfte. Wenn ich mit den Tieren hier zusammen war, vergaß ich alles andere um mich herum. Anfangs hatten mich die Tierheimleute alle ausgelacht, weil ich die Hunde und Katzen immer um Erlaubnis fragte, ob ich ihnen näher kommen durfte. Mittlerweile aber hieß es, ich hätte eben einen ganz besonderen Draht zu Tieren. Blödsinn. Ich brachte ihnen nur den Respekt entgegen, den sie verdienten, und das spürten sie. Brutus hob erwartungsvoll den Kopf und streckte die Schultern, als er mich mit dem Hundefutter in der Hand kommen sah.

„Na, sag ich doch", grinste ich. „Du hast in Wirklichkeit einen Bärenhunger, oder etwa nicht?"

Brutus sah mich mit seinen großen braunen Hundeaugen an – oder dem, was ich unter dem verfilzten Fell darunter erkennen konnte. Zögernd schnüffelte er an dem Napf, den ich ihm entgegenhielt, und schleckte einmal vorsichtig mit der Zunge darüber. Dann überlief ihn ein Zittern, und er schaute mich fragend an.

„Natürlich darfst du, Junge. Das ist deins", sagte ich leise und setzte mich zu ihm auf die Decke. Den Napf auf meinem Schoß, streichelte ich ihn mit beiden Händen. „Und morgen hole ich eine schöne weiche Bürste, und dann machen wir wieder einen hübschen Hund aus dir."

Da begann Brutus endlich zu fressen. Währenddessen erzählte ich ihm von meinem Leid mit meinen schwangeren Eltern. Es schien ihn zu beruhigen, denn er fraß und fraß, zum ersten Mal, seit er hier war. Und zwar so gierig, dass er ordentlich kleckerte. Das Hundefutter, das auf meiner Jeans gelandet war, kratzte ich mit den Fingern zusammen und gab es ihm aus der Hand.

„Hey, das kitzelt", beschwerte ich mich glucksend, als er mich anschließend sauber leckte.

Plötzlich begann er leise zu knurren. Ich folgte seinem Blick und drehte meinen Kopf zur Tür.

Da stand Alex und grinste.

„Dachte ich es mir doch! Hier steckt sie und badet in Hundefutter, wie üblich. Aber vor Windeln ekelt sie sich."

„Wie lange stehst du schon da?", wollte ich wissen. Irgendwie fühlte ich mich bespitzelt.

„Stör ich?", fragte Alex zurück.

Brutus ließ sich grunzend zurück auf seine Decke fallen.

„Nein, ich komm raus, warte einen Moment“, erwiderte ich geschlagen. Ich rappelte mich auf und streichelte Brutus zum Abschied über den Kopf. „Aber kein Wort von unserem Gespräch, okay? Das bleibt unter uns“, flüsterte ich ihm in sein Schlappohr. „Und jetzt wollen wir mal hören, was das Cliquenentschuldigungskommando Alex zu erzählen hat.“ Aber eigentlich war ich mir gar nicht sicher, ob Alex wirklich vorhatte, im Namen der Clique bei mir Abbitte zu leisten.

Und?“, fragte ich Alex argwöhnisch, während ich die Zwingertür hinter mir schloss.

Die Hunde machten einen unglaublichen Lärm. Ich kam mir vor wie in einem Stummfilm, als Alex versuchte, mir etwas zu sagen. Sie bedeutete mir mit einer Geste auf ihre Ohren, ihr nach draußen zu folgen.

Ich hatte eigentlich überhaupt keine Lust auf irgendwelche Gespräche. Nach allem, was vorhin gewesen war, hätte ich den Nachmittag lieber allein in meinem Schmollwinkel bei den Tieren verbracht. Missmutig pulte ich Hundefutter unter meinen Fingernägeln hervor und hielt meine Hände durch die Gitterstäbe. Begeistert schleckte Brutus mir die Finger sauber. Aber schließlich folgte ich Alex doch.

Brutus winselte mir traurig hinterher.

„Bei dem Gebell versteht man ja sein eigenes Wort nicht“, beschwerte sich Alex und atmete betont erleichtert aus, als wir im Freien angekommen waren.

Ich blinzelte in die Sonne. Drinnen war es angenehm kühl und dunkel gewesen, im Gegensatz zu hier draußen. Die Sommerferien waren seit einer Woche zu Ende, aber der Sommer hatte deswegen noch lange nicht beschlossen aufzuhören.

„Ich dachte mir, ich seh mal nach dir", verkündete Alex und sah mir unverhohlen in die Augen. „Oder bist du auf mich auch sauer?"

Ich zuckte die Achseln und schnippte ein welkes Blatt mit meiner Schuhspitze über den Teerboden.

„Ally, komm, lass mit dir reden. Wir haben dir genauso wenig was getan wie deine Eltern. Was ist los mit dir?"

Mir schossen schon wieder die Tränen in die Augen. „Es ist alles so unfair", presste ich hervor.

Alex sah mich mit einer Mischung aus Ernst und Verwunderung an. „Was regst du dich eigentlich so furchtbar über euren Zuwachs auf? Da steckt doch mehr dahinter. Oder nicht?"

Ich nickte kläglich. Alex konnte ich einfach nichts vormachen. Sie legte den Finger immer mitten in die offene Wunde und bohrte so lange, bis man nachgab. Da gestand ich lieber gleich. „Mein Traum vom eigenen Hund ist damit sicher ein für alle Mal erledigt! Schluss, aus, vorbei."

„Haben sie das gesagt?" Alex setzte sich auf ein Rasenstück, das sie vorher gründlich auf eventuelle Hundehaufen überprüft hatte, und klopfte dann neben sich auf den Boden. Ich setzte mich gehorsam dazu.

„Musst du immer so sachlich sein?", fragte ich

zurück. Vor meinem inneren Auge sah ich das Bild meiner strahlenden Eltern, Arm in Arm, wie sie mir die frohe Botschaft am Mittagstisch verkündeten. Papa in seiner karierten Tweedhose, die Taschenuhr ausnahmsweise in der Westentasche und nicht nervös zwischen seinen Fingern, und Mama in einer gerüschten Späthippiebluse, in der sie immer noch wie eine Studentin aussah. Das perfekte Paar. Fürs Familienalbum fehlte nur noch ich in der Mitte. Mit Mamas Sommersprossen und Papas Grübchen, artig im Schottenrock und mit meinem Lieblings-T-Shirt mit dem Aufdruck „witch" an. Das ist Englisch und heißt Hexe. Cheeeeese – ein breites Lächeln für den Fotografen in meinem Kopf. Aber einen Hund sah ich in dieser Familienidylle nirgendwo. Und ein neues Baby auch nicht.

„Haben sie?", wiederholte Alex ihre Frage.

Ich schüttelte den Kopf. „Ich hab mich ja noch nicht mal getraut, ihnen was davon zu erzählen."

„Na siehst du. Dann ist Holland ja noch nicht verloren."

„Er heißt Brutus, nicht Holland", widersprach ich und versuchte ein Lächeln.

Alex bot mir einen Schluck aus ihrer Limoflasche an, die sie aus ihrem Rucksack hervorgekramt hatte. „Auch nicht viel besser", fand sie.

Ich nickte wieder und nahm ihr die Flasche aus der Hand. Ich hatte plötzlich einen Riesendurst.

Nachdem wir beide ausgiebig um die Wette gerülpst

hatten und Alex – wie immer – gewonnen hatte, erzählte ich ihr die Geschichte von meinem Liebling Brutus.

Sicher schloss ich immer wieder mal den ein oder anderen Tierheimhund besonders ins Herz, aber in Brutus habe ich mich einfach verliebt.

„Und hast du euch schon mal die Karten gelegt?", wollte Alex neugierig wissen. Sie war die Einzige aus der Clique, die sich nicht andauernd über meinen Esoterik-Spleen lustig machte.

Ich stutzte. Daran hatte ich ja noch überhaupt nicht gedacht. „Gute Idee", überlegte ich. Aber andererseits: Wollte ich wirklich wissen, was mir meine Tarotkarten verkündeten? Und ändern würde es ja auch nichts an der Situation. Aber ich konnte ja mal meine Zauberbücher wälzen, ob ich etwas Passendes fand, um das Schicksal gnädig zu stimmen ... oder so.

„Die anderen sind übrigens im Schwimmbad", sagte Alex plötzlich völlig unvermittelt. „Ich bin nur hergekommen, um dich zu fragen, ob du nicht auch mitkommen willst."

Mich drückte mein schlechtes Gewissen. Ich hatte ja alle ganz schön angeschnauzt.

„Na komm schon, sei kein Frosch. Wer weiß, wie lange es noch so schön warm bleibt – und nächsten Sommer hast du vor lauter Kinderwagen schieben am Ende gar keine Zeit mehr", foppte sie mich und sprang auf.

So richtig lachen konnte ich über derlei Scherze allerdings wirklich nicht. „Ich weiß nicht, ob ich Lust habe, mir schon wieder von vier Seiten gleichzeitig gute Ratschläge anzuhören", sagte ich.

„Dann lass es", erwiderte Alex und ging zum Ausgang. „Wir sehn uns morgen in der Schule. Bis dann!"

Sie ließ mich einfach stehen! Eigentlich hatte sie natürlich Recht, ich hatte es ja herausgefordert. Aber das hieß doch noch lange nicht, dass man mich nicht noch einmal bitten konnte! Nur dass ich leider ja ganz genau wusste, dass Alex nicht der Typ zu so was war.

Meine Laune war wieder im Keller. Ins Schwimmbad mochte ich nun wirklich nicht mehr. Und Brutus hatte sich zum Schlafen zusammengerollt – da wollte ich ihn auch nicht stören. Also radelte ich nach Hause und setzte mich bei fünfundzwanzig Grad und strahlendem Sonnenschein in mein Zimmer, um Zauberbücher zu studieren. Toller Tag!

Als es an meine Tür klopfte, hegte ich für einen Moment die Hoffnung, es wäre die Clique, um mich doch noch ins Schwimmbad zu locken. Bestimmt war es ohne mich doch stinklangweilig?

„Herein?!", sagte ich betont locker.

Aber wer gleich darauf durch einen Türspalt ins Zimmer lugte, war natürlich nur meine Mutter. Meine glückliche, schwangere Mutter.

„Ally? Stör ich dich? Können wir uns kurz ein bisschen unterhalten?"

„Ich muss noch Hausaufgaben machen“, erwiderte ich unschlüssig und starrte auf die Bücherberge um mich herum, die alle nichts mit der Schule zu tun hatten.

„Bei dem schönen Wetter? Willst du da nicht lieber erst ins Schwimmbad? Die anderen sind doch bestimmt auch da.“ Lächelnd drückte meine Mutter die Tür vollständig auf und kam herein.

„Mein Problem“, sagte ich sauer und legte das Esoterikbuch, in dem ich gerade blätterte, auf den linken Stapel. Der stand für: Steht nichts Brauchbares drin – und türmte sich bereits immer höher.

Immerhin wahrte meine Mutter meine Privatsphäre so weit, dass sie sich nicht zu mir auf den Boden gesellte, sondern sich dezent auf mein Bett setzte. Na ja, auf dem Fußboden hätte sie auch gar keinen Platz gehabt, zwischen all meinen aufgeschlagenen Büchern. Aber was ich suchte, hatte ich eh nicht gefunden. Wie immer, wenn ich mal dringend was für mich brauchte. Blöder Zauberkram.

„Wonach riecht es denn hier?“, fragte sie nach einer Weile.

„Weihrauch“, antwortete ich mürrisch. „Reinigt Luft und Gedanken.“

„Ah“, sagte Mama nur.

Ich musterte sie verstohlen aus dem Augenwinkel. Man sah noch gar nichts. Kein dicker Bauch, keine dicken Füße. Sie war schlank und zierlich wie immer.

„Wann ist es überhaupt so weit?“, fragte ich und versuchte dabei so unbeteiligt wie möglich zu wirken.

„Andere Kinder finden es ganz furchtbar, Einzelkind zu sein, und wünschen sich sehnlichst einen Bruder oder eine kleine Schwester. Wieso ist das für dich so ein Horror, plötzlich ein Geschwisterchen zu bekommen?“, fragte meine Mutter zurück und sah dabei ziemlich bekümmert aus.

„Weil es so plötzlich ist“, platzte ich heraus.

Ich wusste ja selber, wie albern die Vorstellung war, dass meine Eltern mich um Erlaubnis für Familienzuwachs fragten. „Aber ihr hättet mich wenigstens vorwarnen können.“

Meine Mutter lächelte, als hätte ich ihr ein Zeugnis mit lauter Einsen gezeigt. „Scherzkeks. Wir sind ja selber ein bisschen überrumpelt worden. Geplant war das alles ein paar Monate später.“

„Geplant!“, unterbrach ich sie aufgebracht. „Ihr habt es also tatsächlich geplant! Hinter meinem Rücken. Ich reiche euch wohl nicht mehr!“

„Ach, Ally.“ Nun stand meine Ma doch auf, schob ein paar Bücher mit der Fußspitze beiseite, hockte sich neben mich auf den Boden und nahm mich in den Arm. „Wir versuchen doch schon seit ein paar Wochen mit dir zu reden. Aber du bist ja immer unterwegs oder hörst nicht richtig zu, selbst wenn du mal körperlich anwesend bist. Da geht es immer nur um London, das Tierheim oder deine Freundinnen.“

Ich schniefte. „Ihr habt keinen Ton gesagt. Und außerdem: Wer rechnet denn auch schon damit, dass es klappt." Ich erinnerte mich tatsächlich vage an die eine oder andere Andeutung meiner Eltern. Aber ernst hatte ich das nie genommen. Ich dachte, sie wollten mich veräppeln. Was sollte ich denn sonst davon halten, wenn sie mich in die Babyabteilung von Kaufhäusern schleiften und fragten, wie mir der eine oder andere Strampler gefällt? Oder zur Ordnung im Flur zu ermahnen, weil sonst kein Kinderwagen neben meine Schuhe passt, wenn ich sie immer so durch die Gegend pfeffere. Wer nimmt denn so was ernst? Da zweifelt doch jeder eher am Verstand der Eltern als an der eigenen Wahrnehmung, oder?

„In eurem Alter! Da wird man doch leichter vom Blitz getroffen als schwanger", rutschte es mir heraus.

„Na, wie gut, dass wir Überspannungsschutzsteckdosen haben", entgegnete meine Mutter trocken. „Du hast einfach nicht zugehört. Diese Debatte hatten wir doch neulich erst. Ganz im Gegenteil. Wir haben dir schon oft gesagt, dass wir uns noch ein Baby wünschen. Ich glaube, du hast wirklich eine ausgeprägt selektive Wahrnehmung. Du hörst nur, was du willst. Na ja. Es scheint jedenfalls so, als ob dieses Kind sehr gut in unsere Familie passen wird. Mit seiner Ungeduld und einer gewissen Dickköpfigkeit ist es hier ja nicht allein."

Ich überhörte diese Anspielung geflissentlich und griff schweigend nach dem nächsten Buch.

Mama seufzte. „Kannst du dich denn nicht ein bisschen mit uns freuen?"

Ich zuckte wahrheitsgemäß mit den Achseln. Woher sollte ich denn wissen, auf was ich mich da freuen sollte? Auf nächtliches Babygebrüll und stundenlanges Herumschleppen eines Windelpakets?

Mama erhob sich ächzend und zog ihre Strickjacke um sich. Sie wirkte traurig. Ich überlegte, wie lange sie wohl noch in ihre engen Schlaghosen passen würde. Ob sie aufging wie ein Hefekloß? Als sie mit mir schwanger war, hatte sie nur ganz wenig zugenommen. Als ob sie einen Fußball verschluckt hätte, pflegte mein Vater zu scherzen. Von hinten hatte sie angeblich gar nicht schwanger ausgesehen. Ha, aber da war sie auch noch jung. Und jetzt? Sie war schon über fünfunddreißig. Also im Prinzip schon fast vierzig. Auf jeden Fall viel zu alt für Babys. Wenn sie jetzt schon so kurzatmig war, wo man noch gar keinen Bauch sah!

Als meine Mutter zur Tür ging, blieb sie einen Moment an Wandas Terrarium stehen und klopfte gegen die Scheibe.

„Meinst du nicht, dass Wanda sich manchmal einsam fühlt?", fragte sie arglos.

Ich sah nicht auf.

Als ich nicht antwortete, ging sie. Ich hörte, wie sie die Tür hinter sich zuzog.

Ich hielt die Luft an. Was sollte denn das nun wieder? War das ein pädagogischer Winkelzug nach dem Motto:

Freu dich doch auf dein Geschwisterchen, du hast es bald besser als deine Kröte?

Wanda quakte.

„Halt du dich da raus!“, schimpfte ich und sortierte wütend weiter meine Bücher.

Mitten in der Nacht schreckte ich aus dem Schlaf hoch. Ich war schweißnass, trotzdem war mir eiskalt. Mit einem Mal war mir klar, dass ich völlig auf dem Holzweg gewesen war. Es ging überhaupt nicht um Gesellschaft für Wanda! Wanda sollte weg! Natürlich! Das war der heimliche Grund für das Gespräch gewesen, das meine Ma mit mir gesucht hatte. Das hatte sie mir durch die Blume andeuten wollen, als sie an Wandas Scheibe geklopft hatte: „Meinst du nicht, dass Wanda hier einsam ist?", dröhnte es in meinen Ohren.

„Wanda, du sollst zurück in den Wald!", flüsterte ich entsetzt. Als ich die Wahrheit hier aussprach, so mitten in der Nacht und barfuß fröstelnd vor ihrem Terrarium stehend, klang sie noch viel schlimmer. Das wäre bestimmt Wandas Tod! Schließlich hatte ich sie doch da draußen schwer verletzt gerettet und wieder hochgepäppelt. Meine Eltern wussten doch, dass Wanda in freier Wildbahn mit ihrem behinderten Beinchen nicht überleben konnte!

Meine warzige Freundin hatte sich unter ihrem hohlen Baumstück verkrochen und tat, als ob sie schliefe. Aber ich wusste es besser, Wanda wollte mich nur nicht beunruhigen. Sicher machte sie sich ebensolche Sorgen wie ich.

In dieser Nacht bekam ich kein Auge mehr zu.

Am nächsten Morgen saß ich mit Ringen unter den Augen am Frühstückstisch. Aber das fiel natürlich niemandem auf. Meiner Mutter nicht, die war mit Frühstücken für zwei beschäftigt und saß mit angezogenen Knien im Bademantel auf der Küchenbank. Und meinem Vater sowieso nicht, der las mal wieder korrekt gekleidet die „Financial Times", die er aus England abonniert hatte. Bei uns musste immer alles englisch sein: Die Möbel, die Zeitung, der Brotaufstrich, Papas karierte Anzüge. Als Mechti zum ersten Mal bei uns zu Hause war, hätte sie fast der Schlag getroffen. Vor allem, als mein Vater dann auch noch mit Pfeife im Mundwinkel, abwesend wie meistens, ein paar Bälle über seine Golfbahn schickte. Wir haben einen ewig langen Flur, der zur Hälfte mit Kunstrasen und Löchern bedeckt ist. Und Mechti hatte beinahe geglaubt, vor dem leibhaftigen Sherlock Holmes zu stehen. Dabei gibt es doch noch mehr Karoträger mit Pfeifen und Tweedkappen. In England zumindest, und diesem Land waren meine Eltern absolut verfallen. Darum hieß ich ja auch Alistair. Ich war schon gespannt, welchen Namen sie sich für das Baby ausdachten. Aber das würde ich bestimmt nicht fragen, dann dachten sie womöglich, ich wäre interessiert!

Doch es waren gar keine Fragen nötig.

„Mir ist überhaupt nicht schlecht", verkündete meine Mutter nämlich gerade strahlend und schmierte sich noch ein Brötchen mit Bitter Orange Marmelade. „Bei dir war mir immer schlecht. Bestimmt wird es ein Junge! Wie wär's, wenn wir ihn Charles nennen? Oder Sam? Oder Jeremiah? Was meint ihr?"

Ich verzog das Gesicht und versteckte mich schlürfend hinter meiner Teetasse. Wie schön, dass es meiner Mutter so gut ging! Dafür spürte ich, wie in mir leichte Übelkeit aufstieg. Oh Gott! „Junge" war die schlimmstmögliche negative Steigerung von „Baby"! Ein Mädchen wurde immerhin mal größer, und man konnte mit ihm was anfangen. Aber ein Junge! Graus! Die pinkelten an Bäume!

Mein Vater brummelte etwas von „... hat doch noch Zeit" in seine Zeitung und tastete blind nach seinem Tee. Mutter schob ihm die Tasse gut gelaunt zu.

„Wann ist es denn nun überhaupt so weit?", rutschte mir dann doch noch einmal die Frage aller Fragen heraus, bevor ich mir auf die Zunge beißen konnte.

„Abholtermin ist um den 10. Januar herum", strahlte meine Mutter.

„Das ist ja noch fast ein halbes Jahr", rief ich halb ungläubig, halb erleichtert.

„Eben!“, brummte mein Vater und sah auf seine Taschenuhr. „Da muss man sich noch keine Gedanken um Namen machen.“

Bevor mich meine Eltern in weitere Schwangerschaftsgespräche verwickeln konnten, sprang ich auf und machte mich aus dem Staub.

„Fast vergessen, ich muss heute etwas eher in die Schule“, rief ich über die Schulter zurück, schnappte mir meine Schultasche vom Flurregal und knallte die Tür hinter mir zu. Draußen schwang ich mich auf mein Rad. Ich hatte der Clique einiges zu erzählen, bevor der Unterricht begann. Was das anging, so beneidete ich meinen Vater ehrlich um seinen Job. Er musste selten vor neun Uhr in der Uni sein, seine Vorlesungen begannen nie vor Viertel nach. Alle nannten ihn pflichtschuldig „Herr Professor“ und in seinem Büro stapelten sich staubige alte englische Bücher bis unter die Decke. Ein Traum! Aber er hat mich leider noch nie erkunden lassen, ob einige davon auch von Hexerei oder Kräuterkunde handeln.

Aber weil meine Freundinnen nie pünktlich sind, wenn man was zu erzählen hat, bekam ich leider keine Chance, meine Neuigkeiten vor Unterrichtsbeginn loszuwerden. Von Jasmin und Mechti war keine Spur zu sehen. Sie gingen in die Parallelklasse, aber normalerweise trafen wir uns immer auf dem Gang. Unsere Klassenräume lagen nebeneinander.

„Die erste Stunde fällt bei denen heute aus“, verkündete Alex, als sie meinen suchenden Blick bemerkte. „Guten Morgen erst mal."

Ich nickte ihr und Lilly ein „Morgen" zu und nahm sie nacheinander zur Begrüßung in den Arm. Lilly machte sich ganz steif. „Ist was?", fragte ich.

„Na, du bist mir ein Herzchen! Lässt uns gestern abblitzen wie ein Faradayscher Käfig und tust dann, als ob nichts gewesen wäre."

„Du hast ja Recht, tut mir Leid", gab ich zerknirscht zu. „Ich weiß nur nicht, wo mir der Kopf steht, wegen dieser Sache. Und stellt euch vor, was ..."

„... diese Sache", unterbrach mich Lilly schulmeisterlich, bevor ich Wanda überhaupt nur erwähnen konnte, „ist zufällig dein Bruder oder deine Schwester, schon vergessen?"

„Ganz bestimmt nicht! Das ist ja genau mein Problem, das ich gerne mit euch besprechen würde. Es ist nämlich so, dass ..."

„... ihr eure Gespräche bitte auf die Pause verschieben müsst", hörte ich plötzlich die Stimme unserer Geschichtslehrerin, die mich im selben Augenblick auch schon bestimmt auf meinen Platz schob.

„In der Pause", zischelte ich darum zu Lilly hinüber. Ich wollte nicht, alles dreimal zu erzählen, bloß weil Alex neben mir saß. Auch wenn es noch so schwer fiel.

„Stellt euch vor, meine Mutter hat ...", begann ich, sobald wir uns zwei Schulstunden später alle fünf auf dem Schulhof zusammengefunden hatten. Wir verbrachten fast jede Pause in unserer Lieblingsecke unter der Eiche.

Aber Jasmin unterbrach mich ungehalten. „Nun mach mal eine Pause, Ally. Stellt euch vor, wir haben einen neuen Mitschüler."

„Thorben", ergänzte Mechti mit leuchtenden Augen. „Sein Vater arbeitet in der Botschaft und ist gerade hierher versetzt worden. Und Thorben ist total intelligent. Er hat die Siebte schon in England absolviert. Aber hier macht er sie noch mal, um fürs deutsche Abitur nichts zu versäumen."

„Cool", raunte Alex. „Zeig mal, welcher ist es denn?"

Mechti und Jasmin deuteten unauffällig auf eine Gruppe Jungen hinter ihnen.

„Wo?", fragte Lilly.

„Der da hinten mit der Jeansjacke und den roten Shorts", erklärte Jasmin.

„Nicht hinsehen", befahl Mechti erschrocken, als wir alle die Hälse verdrehten.

Prompt sahen die Jungs, die keine zehn Meter von uns um Thorben herumstanden, allesamt zu uns herüber.

Alex streckte ihnen die Zunge heraus, Lilly und Jasmin kicherten, und Mechti lief knallrot an.

„Oh Gott, wie peinlich", murmelte sie.

„Ist ja gut", sagte ich und legte ihr meine Hand auf den Arm. „Jetzt hört doch mal zu. Meine Mutter hat ..."

Weiter kam ich nicht. Es war zum Mäusemelken!

„Sieht gar nicht mal schlecht aus", befand Alex. Die Jungs hatten sich wieder in ihr Gespräch vertieft und schenkten uns keine weitere Beachtung. Jetzt konnten wir Thorben wieder ungestört mustern. Das heißt: Die anderen musterten, ich guckte nur, mich interessierte er nicht die Bohne. Ich wollte meine Geschichte loswerden und bemitleidet werden! Ich holte also noch einmal Luft, aber da platzte mir schon wieder Alex dazwischen.

„Und sein Vater ist in der Botschaft, sagst du? Was macht der denn da? Dann sind die doch bestimmt ganz viel im Ausland, oder?"

„Keine Ahnung", meinte Jasmin achselzuckend.

„Achtung, er guckt!", kam es von Lilly.

„Thorben war sogar schon in London", berichtete Mechti eifrig, ganz unauffällig bemüht, nicht hinzusehen – was ziemlich gekünstelt wirkte, weil sie genau in seiner Richtung stand.

London war unser ganz großer Traum. Leider hatte die geplante Fahrt mit der Englisch-AG im vergangenen Schuljahr nicht geklappt, weil sich Bob, unser Lehrer, kurz bevor es losgehen sollte, sein Bein gebrochen hatte. Und in diesem Jahr waren dann plötzlich die Mittel weg, so dass daraus ebenfalls nichts wurde. Seitdem waren wir nur noch zu fünft in der AG und versuchten unser Taschengeld zu sparen, um irgendwann doch noch nach London fahren zu können.

„Woher weißt du denn das?", fragte ich, für einen Moment nun doch abgelenkt. Rote Shorts. Wer zum Kuckuck trug freiwillig rote Shorts?

„Hab ich an einem Aufkleber auf seinem Federmäppchen gesehen", verkündete Mechti stolz.

„Das kann jeder haben", gab Alex zu bedenken und starrte ungeniert wieder zu den Jungs hinüber.

„Fragen wir ihn doch einfach", schlug Jasmin vor und wollte sich schon in Bewegung setzen.

„Bist du verrückt? Das geht doch nicht!" Mechti hielt sie am Arm zurück.

„Au!", Jasmin rieb sich die Stelle. „Wieso denn nicht?"

Die Jungs sahen wieder zu uns. Als wir eilig wegsahen, kreuzten sich Alex' und mein Blick. Wir grinsten breit.

„Weil ...." Mechti suchte nach Worten. „Weil das neugierig wirkt."

„Na und?", fragte Alex. „Das sind wir doch auch. Wo ist das Problem?"

„Auf einen Jungen neugierig zu sein ist uncool", gab ich Mechti Recht. Sie schenkte mir einen dankbaren Blick.

Damit gaben sich schließlich auch Jasmin und Lilly geschlagen. Nur Alex überlegte noch.

„Wir könnten ihn ja fragen, ob er Lust hat, in der Englisch-AG mitzumachen. Wenn er schon mal in London war, interessiert ihn das bestimmt. So erfahren wir es, ohne dass wir uns verraten. Was haltet ihr davon?“

„Au ja“, stimmte Mechti zu.

„In unserer AG?“, protestierte Lilly.

„Das geht aber ein bisschen weit“, fand auch ich. „Was ist, wenn er Ja sagt?“

Aber da war Alex schon unterwegs. Wenn sie sich etwas in den Kopf gesetzt hatte, hielt sie niemand davon ab. Jasmin heftete sich eilig an ihre Fersen. Und ich hatte wieder keine Gelegenheit, von meinem und Wandas Leid zu erzählen.

Mechti machte alle Anstalten, in den Boden zu versinken, während Alex und Jasmin mit Thorben redeten. Die anderen Jungs und er sahen abwechselnd immer wieder zu uns herüber, und Mechti stammelte ununterbrochen: „Wie schrecklich, das ist so peinlich. Wenn sie sagen, dass ich ihm aufs Federmäppchen geschaut hab, bring ich sie um.“

„Ach, nun hör schon auf!“, zog Lilly Mechti schließlich auf. „Du tust ja so, als würde davon die Welt untergehen!“

„Außerdem ist es ja irgendwie nahe liegend, dass jemand, der in England lebte, auch mal in London war, oder?“ Ich legte Mechti großmütig tröstend den Arm um die Schulter. „Aber lass dir eins gesagt sein, Mechtimaus. Das Gefühl kenn ich! Ich habe nämlich heute Nacht ...“

„Schhttt! Sie kommen zurück", unterbrach mich Mechti schnöde und fegte meinen Arm von ihrer Schulter. Sie hatte kein Wort von dem mitbekommen, was ich gesagt hatte – geschweige denn, was ich erst noch erzählen wollte.

Lilly wollte sich halb tot lachen.

Aber ich fand das Ganze überhaupt nicht mehr komisch. Wütend zog ich mich zurück. „Ich muss mal."

Die Zeit bis zum Ende der Pause verbrachte ich beleidigt auf dem Mädchenklo. Obwohl in der Kabine nebenan ein paar Unverbesserliche kicherten, rauchten und husteten. Den Gestank kann ich einfach nicht leiden. Aber er passte zu meinem Beleidigtsein. Niemand gönnte mir frische Luft, und keiner hörte mir zu. Nach der vierten Stunde war heute Schluss. Also gab es keine zweite Pause, und ich hatte wieder keine Gelegenheit, mit den anderen zu reden. Erst heute Nachmittag vor der AG. Es sei denn, dass meine werdenden Eltern mir mit neuen Hiobsbotschaften zum Mittagessen so den Appetit versauten, dass ich sogar Englisch sausen lassen würde und mich mit Wanda in meinem Zimmer einschloss. Das konnten wir eine ganze Weile aushalten! Ich hatte noch eine Dose mit Mehlwürmern für Wanda. Und ein ganzes Schubfach voll mit Schokolade, noch von Ostern. Ich hebe meine Osterhasen meist bis kurz vor Weihnachten auf. Zur Sicherheit, damit ich nicht zu lange Durststrecken überbrücken muss, man weiß ja nie.

Aber meine Eltern waren gar nicht da.

Mein Essen stand zum Aufwärmen bereit in der Mikrowelle, und an der Tür zu meinem Zimmer prangte ein Zettel:

Sind babybummeln. Lieben Gruß, Pa und Ma.

Babybummeln! Dafür hatten die noch ein halbes Jahr Zeit! Und dafür die Kinder, die schon da waren, mit Mikrowellenkost abspeisen!

„Wanda, ich sage dir: krieg niemals Eltern. Die sind schlimmer als Störche und andere Raubvögel!"

Meine warzige Freundin stützte sich mit den zartgliedrigen Händchen am Terrariumglas ab und gab mir mit aufgesperrtem Breitmaul dezent zu verstehen, dass sie Hunger hatte. Ich fischte ein paar Mehlwürmer aus dem Behälter neben ihrem Reich und legte sie ihr auf den Boden. Die Erde hatte ich extra im Wald gesammelt, damit es wenigstens ein bisschen so war wie draußen in der Natur. „Vermisst du deine Heimat?", fragte ich bekümmert. Das ging mir immer wieder durch den Kopf.

Wanda schmatzte genüsslich vor sich hin und schenkte mir einen ihrer unergründlichen, weisen Krötenblicke.

„Ja, sicher, du hast Recht, Wanda. Da wärst du schon lange tot, und Mehlwürmer bekämst du auch nicht vor die Füße gelegt. Ich nehm das mal als positive Antwort."

Hauptsache, das würde auch so bleiben. Ich musste Wanda beruhigen. Schließlich hatte sie ja auch die furchtbare Andeutung meiner Mutter mitbekommen. „Sei dir sicher: Ich pass auf dich auf, so lange du lebst, Wanda. Du bleibst bei mir. Keine Panik. Dich nimmt mir keiner weg“, versprach ich.

Und was soll ich sagen, es wirkte: Wanda war die Ruhe selbst.

Mein zweiter Lichtblick an diesem Tag war die Englisch-AG. Zumindest, bis ich das Klassenzimmer betrat.

Heute war ich nämlich mal spät dran. Zwei Sekunden vor Bob huschte ich durch die Tür. Zeit genug, einen Riesenschock zu kriegen – aber leider nicht genug, um darüber ausführlich reden zu können.

„Was macht der denn hier?“, rutschte es mir heraus, obwohl ich die Antwort ja eigentlich bereits kannte.

Thorben hatte ganz offensichtlich Ja gesagt! Hatte sich denn heute alles gegen mich verschworen?

Bob sah mich mit einem seiner pädagogisch-wertvoll-Blicke an. „Wenn man so aufgebracht ist wie du, sagen wir auf Englisch: What the hell is he doing here? Aber erstens gibt es keinen Grund, sich aufzuregen, und zweitens vergessen wir das mit dem Fluchen ganz schnell wieder. Stattdessen freuen wir uns, ein neues Mitglied im Club zu begrüßen.“ Damit legte er seine Aktentasche aufs Pult und setzte sich, so als ob es völlig normal wäre, dass wir plötzlich einen Jungen mit dabeihatten und damit nicht genug: Er wandte sich direkt an den Eindringling und lächelte ihn auch noch freundlich an. „Hi Thorben, how nice of you to join us!"

„Very pleased to meet you", antwortete Thorben lächelnd. Es klang richtig englisch! Nicht dass ich neidisch auf seine Aussprache wäre, aber: was um Himmels willen wollte der Kerl dann hier bei uns, wenn er schon so gut englisch konnte?

Und was noch schlimmer war: Unser Bob lächelte jemand anderen freundlich an! Könnt ihr euch vorstellen, wie mir zu Mute war? Doch damit immer noch nicht genug! „Please welcome Thorben", forderte Bob uns nun sogar auf – willkommen heißen sollten wir ihn. Auch das noch. Ich quetschte mir mühsam ein „hi" heraus.

Alex und Lilly waren ähnlich mundfaul.

Aber Jasmin und Mechti fielen uns prompt in den Rücken. „Welcome", flötete Jasmin, und Mechti setzte noch eins drauf. „How nice to meet you!"

Thorben saß mit der größten Selbstverständlichkeit der Welt in der zweiten Reihe. Die erste hatten ja wir fünf blockiert. Immerhin hatte er sich nicht dazwischengedrängelt. Dafür konnte ich dann wohl sogar noch dankbar sein. Schöner Mist!

Der Rest der Stunde verging größtenteils damit, dass Thorben mit Bobs Hilfe auf Englisch ein bisschen was über sich erzählte, wir ihm Fragen stellen durften und etwas über uns erzählten. Den größten Teil der Unterhaltung bestritten Lilly und Jasmin. Alex hatte keine Lust, über Vokabeln nachzudenken, Mechti kämpfte mit ihrer Schüchternheit und ich mit meiner schlechten Laune. Ich war schon gespannt, was für eine Katastrophe als Nächstes über mich hereinbrechen würde.

Kommst du mit in den PC-Raum, Ally?" Mechti sah mich beinahe flehend an.

Ich stutzte. Es war bereits das dritte Mal in dieser Woche, dass sie sich da oben herumdrückte, und wir hatten gerade mal Mittwoch. Nicht, dass Mechti nicht ständig im Internet surfte und weltweit nach wissenswerten Physikgeschichten oder Sherlock Holmes-Fanclubs stöberte – das war nichts Ungewöhnliches für unser Superhirn –, aber dafür benötigte sie selten den Schulcomputer. Sie hatte einen eigenen. Und sie brauchte erst recht keinen moralischen Beistand. Denn etwas anderes war ich in dem Fall nicht.

„Ach nee, du. Heute nicht, ich wollte lieber noch ein bisschen draußen bleiben. Wer weiß, wie lange das Wetter noch hält. Und die anderen kommen doch gleich."

Wir hatten uns vor der Schule verabredet, um gemeinsam zu überlegen, wie wir den Nachmittag verbringen wollten.

„Auch nicht für zehn Minuten?" Mechti sah mich flehend an. „Die drei sind doch nie pünktlich, und es sind sowieso noch zehn Minuten bis zwei."

„Ich komm gleich nach, okay?", versprach ich.

Seufzend schlich Mechti allein ins Schulgebäude. Ich sah ihr nach und grübelte. Mechti war ein Ass am Computer, ich dagegen war froh, wenn ich mich im weltweiten Spinnennetz Internet nicht total verstrickte.

Da war also was im Busch. Nur was?

„Sag mal, stehst du so auf der Leitung?", lästerte Alex, als ich ihr meine Verwunderung über Mechtis seltsames Betragen etwa anderthalb Minuten später schilderte. „Uns traut sich Mechti schon gar nicht mehr zu fragen, weil wir sie nur damit aufziehen. Man merkt, dass du im Moment wirklich nicht zurechnungsfähig bist. Ich denke, nur werdende Mütter vergessen alles, oder färbt das auch auf ihre Töchter ab?"

„Worum geht's überhaupt?", fragte Lilly, die sich ebenfalls zu uns gesellte. Sie hatte nur den Rest unseres Gesprächs über Mechtis neue PC-Gewohnheiten mitbekommen. „Hat Ally mal wieder Horrorvisionen und Verfolgungswahn?"

Ich funkelte Lilly böse an. „Ihr nehmt mich nicht ernst! Ich denke, ihr seid meine Freundinnen", jammerte ich gekränkt.

„Na, du musst doch selber zugeben, dass deine Story von neulich, dass deine Eltern Wanda im Wald aussetzen wollen, ein totales Hirngespinst ist, oder?"

Ich schnitt eine Grimasse. Seit ich endlich dazu gekommen war, ihnen davon zu erzählen, zogen sie mich damit auf. Ständig! Ich hielt meine Sorge immer noch für mehr als berechtigt, aber nach dieser Reaktion hielt ich es für besser, meinen Kummer für mich zu behalten und meine Befürchtung höchstens mit Wanda zu besprechen.

„Ihr werdet schon sehen, wenn die kleine Kröte da ist, muss die alte Kröte weichen. Denkt an meine Worte!", unkte ich finster.

„Mensch, Ally. Kannst du dich denn überhaupt nicht mit dem Gedanken anfreunden, einen kleinen Bruder oder eine kleine Schwester zu haben?"

Lilly war wirklich übertrieben kinderlieb. Ich verstand überhaupt nicht, wieso das bei ihr immer noch anhielt, trotz eines größeren Bruders, der sie oft genug ärgerte, und eines Brüderchens, das entweder schrie, weil es die Windeln voll oder weil es Hunger hatte. Und manchmal einfach aus Langeweile.

„Ich freunde mich mit überhaupt niemandem an, wenn ich dafür auf alles verzichten soll! Ich geb Wanda nicht her. Und ich teile auch mein Zimmer nicht."

Das wäre nämlich die Krönung überhaupt. Dass womöglich wegen des kleinen halslosen Monsters zwei Drittel meiner Bücher und die Kräutersammlung auf dem Dachboden landen müssten. Nichts gegen Spinnen – aber dass sich künftig beim Nachschlagen und Rezepte studieren ihre Gespinste in meinen Haaren verfingen, das war nicht unbedingt eine meiner angenehmsten Vorstellungen.

„Ja, aber Ally, hat das denn überhaupt jemand von dir verlangt? Du hast doch selber gesagt, dass deine Eltern das Baby erst mal in ihrem eigenen Schlafzimmer haben wollen und es dann sowieso sein eigenes Zimmer bekommen wird.“ Lilly sah mich skeptisch an.

„Ich hab eben so ein Gefühl“, maulte ich trotzig und schüttelte mich. Ich fühlte die Spinnweben schon förmlich.

Alex verdrehte die Augen. „Oh, lasst uns von was anderem reden. Das bringt's doch nicht“, mischte sie sich ein. „Wer kommt mit, ein bisschen Indiaka spielen?“ Herausfordernd schnippte sie den Federball von einer Hand in die andere.

„Ich hab Mechti versprochen, dass ich gleich kurz nach oben komme.“

„Wo steckt überhaupt Jasmin?“, fragte Lilly. „Wollen wir nicht auf sie warten?“

„Bin schon da“, rief Jasmin im nächsten Augenblick hinter uns. Wir drehten uns um. Ächzend schob sie gerade ihr Fahrrad die letzten Stufen der Treppe zum Pausenhof hinauf.

„Wieso kommst du denn von da?“, erkundigte ich mich verblüfft.

„Ich dachte, wenn ich hinten rum fahre, habe ich mehr Schatten. Aber ich hab nicht dran gedacht, dass ich alles bei der Schufterei mit dem Fahrradschleppen wieder wettmache. Ich schwitze. Bäh." Angewidert wischte sich Jasmin eine Schweißperle von der Schläfe und grinste mich an. Das mochte ich so an ihr, dass sie über ihre Eitelkeiten selbst lachen konnte.

„Habt ihr schon überlegt, was wir heute Nachmittag machen?", fragte sie und sah interessiert in die Runde. „Wo steckt denn Mechti?"

„Oben im PC-Raum", sagte ich.

„Schon wieder?", fragte Jasmin zurück. „Dann ist es wohl wirklich was Ernstes, oder?"

„Siehste", grinste Alex mir zu. „Allen fällt es auf, sag ich doch."

„Ich geh da jetzt gleich mal hin und hol sie ab. Ihr könnt ja weiter überlegen", schlug ich vor und machte mich auf den Weg. Immer diese Andeutungen, und keiner sagte mir was.

Anscheinend hatte Alex ja wirklich Recht, dass ich vor lauter Panik bei uns zu Hause gar nichts mehr mitbekam. Ich würde Mechti einfach gleich mal ganz vorsichtig darauf ansprechen. Pfeifend nahm ich die letzten Stufen in den zweiten Stock auf einmal.

Doch als ich die Tür zum Computerraum aufzog, war mein Anflug von guter Laune wie weggeblasen. Ich glaubte, einen Schreikrampf unterdrücken zu müssen. Da saß doch schon wieder dieser Thorben. Reichte es nicht, dass er es bis in unsere Englisch-AG geschafft hatte? Musste der sich nun auch noch an Mechti ranschmeißen? Oder warum saß er ihr so dicht auf der Pelle?

In schönster Eintracht hockten die beiden nebeneinander und stierten auf den Monitor. Thorben zeigte Mechti gerade irgendwas am Bildschirm, und Mechti kriegte sprichwörtlich den Mund nicht zu.

„Pass auf, dass du keine Fettfinger auf dem Schirm hinterlässt“, unkte ich bissig.

Die Köpfe der beiden flogen herum. Thorben lächelte mich an, als wolle ich ein Casting für Zahnpastareklame veranstalten. Und Mechti zuckte zusammen, schluckte und lief knallrot an. Ich hatte mich geirrt! Nicht im Sachverhalt – aber in den Vorzeichen: Thorben war unschuldig. Mechti war es, die sich an ihn rangeschmissen hatte. Ich Blödi! Tomaten auf den Augen und Rosinen im Kopf, wie mein geschätzter Pa dazu bemerken würde.

„Schlechte Laune? Ist etwas passiert?“, erkundigte sich Thorben freundlich, als er meine Miene sah. Ich schüttelte den Kopf und versuchte etwas netter dreinzublicken.

„Die anderen warten alle unten“, sagte ich und hoffte, einigermaßen neutral zu gucken, während ich Mechti ansah.

„Ja, ja, ich komme schon“, sagte sie nach einer weiteren Schrecksekunde und packte eilig ihr Federmäppchen und den Block zusammen.

„Hast du was Interessantes entdeckt?“, fragte ich zweideutig.

Mechti schenkte mir einen flehenden Blick. Nicht

hier, nicht jetzt, ich kann alles erklären, später!, hieß das.

Aber ich konnte es mir nicht verkneifen, noch eins draufzusetzen, jetzt, wo ich sie endlich durchschaut hatte. „Immerhin hast du ja in der Zwischenzeit nette Gesellschaft gefunden“, sagte ich mit Seitenblick auf Thorben, der sich wieder an seinen PC gesetzt hatte und eine Datei bearbeitete.

„Mechti hatte Schwierigkeiten, eine Bilddatei zu kopieren“, teilte Thorben mir unbefangen mit.

„Ach, wirklich?“, erwiderte ich und sah Mechti spöttisch an. Ich musste mir jetzt wirklich ein Grinsen verkneifen – Mechti und Computerschwierigkeiten, dass ich nicht lache. „Und dann hat's gefunkt – ich meine, funktioniert?“

Mechtis Blick nach zu urteilen, schwankte sie gerade zwischen der Wahl, mich lieber in einen Ameisenhaufen zu stecken oder ein Glas Senf essen zu lassen.

„Ich bin fertig, wir können“, zischte sie mir zu und hielt mir die Tür auf.

„Tschüss, Thorben!“, flötete ich.

„Tschüss, Ally!“, rief er mir freundlich nach und nickte Mechti zum Abschied zu. „Wir sehn uns.“ Dann war er bereits schon wieder hinter seinem Monitor verschwunden.

„Hmm“, gab Mechti zurück und schloss die Tür hinter uns.

„Wir sehn uns, Mechti“, wiederholte ich grinsend und wackelte mit dem Po. „Was geht denn da ab?“

„Klappe“, schimpfte Mechti grimmig und zerrte mich eilig außer Hörweite. „Hast du sie noch alle? Mich so bloßzustellen?“

„Du findest Thorben süü-üß, du willst mit ihm knuutschen, mit ihm gee-ehen“, trällerte ich. „... ihn heiraaaateeen.“

„Und wenn schon!“, zischelte Mechti und versuchte mit allen Mitteln, mir den Mund zuzuhalten. „Dass du überhaupt noch etwas mitkriegst, was nichts mit dir zu tun hat, ist eh ein Wunder. Die anderen ziehen mich schon ne ganze Weile damit auf. Doch das ist mir egal, dass du's nur weißt! Aber du hast ja nicht mal die Sprüche von ihnen mitbekommen, weil du mit deinen Gedanken immer ganz woanders bist. Tolle Freundin!“

„Autsch!“, sagte ich getroffen, zog ihre Hand von meinem Mund und blieb stehen. „Bin ich echt so schlimm?“

„Schlimmer“, sagte Mechti ernst und nickte.

„Tut mir Leid“, sagte ich zerknirscht.

„Schon gut.“ Mechti legte mir kameradschaftlich den Arm auf die Schulter. „Aber sag nichts den anderen, okay?“

Ich nickte.

Langsam gingen wir weiter.

„Ist er nicht süß?“, platzte Mechti nach einer Weile heraus.

„Thorben?“, fragte ich erschüttert.

„Nein, der Kaiser von China“, entgegnete Mechti ernsthaft, bevor sie mir an die Stirn tippte. „Hallo? Jemand zu Hause?“

„Ja, doch“, entgegnete ich verwirrt.

„Also, ist er nun süß oder nicht?“, beharrte Mechti.

„Ich hab ihn mir noch nicht so genau angesehen“, gab ich zu.

„Aber lästern“, rügte Mechti.

Wir grinsten uns an.

„Ist doch okay, wenn du ihn gut findest“, meinte ich großherzig.

Mechti grinste noch breiter und hakte sich bei mir ein. Lachend gingen wir zu den anderen. „Aber ich komm irgendwie nicht an ihn ran. Er ist immer hilfsbereit und nett. Aber so unverbindlich!“, klagte Mechti uns eine Viertelstunde später auf unserem Stammplatz am Flussufer ihr Leid.

„Anderes Styling“, schlug Jasmin prompt vor. „Der bemerkt dich nicht richtig. Du musst auffallen. Glaub mir: Mach mehr aus deinem Typ.“

Mechti sah skeptisch erst uns, dann Jasmin an. „Und wie?“

„Vertrau mir“, versprach Jasmin. „Ich mach einen völlig neuen Typ aus dir! Lass mich nur machen.“

„Das befürchte ich ja gerade“, wimmerte Mechti

kläglich. „Aber wenn du meinst, versuchen können wir es ja."

„Na, dann können wir ja jetzt endlich ne Runde Indiaka spielen, oder?", rief Alex zufrieden und sprang auf. „Los jetzt, ihr lahmen Enten!"

Am nächsten Tag holte mich Lilly im Tierheim zu einer Runde „Hundespaziergang mit Kinderwagen" ab. Eigentlich machten wir das regelmäßig, und es war nichts Ungewöhnliches. Aber heute hatte es einen besonderen Touch. Es war das erste Mal, dass Lillys kleiner Bruder Baby dabei war, seit ich wusste, dass ich auch bald meine Eltern mit so einem kleinen Windelpaket teilen musste.

„Na, komm schon, er beißt nicht", lockte Lilly fröhlich und hielt mir den glucksenden Strampelmax hin. „Du siehst ihn ja an, als wär's das erste Mal."

„Ist es in gewisser Weise auch. Ich seh ihn heute mit ganz anderen Augen", erklärte ich und knetete die Hundeleine in beiden Händen hin und her.

Brutus schnupperte neugierig an Babys Füßen. Er kassierte eine mächtige Kopfnuss, als Baby wuchtig nach unten trat, aber das schien ihn überhaupt nicht zu stören. Er schüttelte sich nur kurz und schnupperte weiter. Dann leckte er Baby sogar vorsichtig über das Füßchen – mit einem Seitenblick zu mir, als ob er sich vergewissern wollte, dass es okay war. Oder wollte er vielleicht sogar umgekehrt mir deutlich machen, dass nichts dabei war?

„Na, sieh mal, sogar dein Hund ist kinderlieb. Nun nimm ihn doch schon und halt dich nicht ewig an deinem Lederriemen fest", drängelte Lilly.

„Ich weiß doch gar nicht, wie man ein Kind anfasst", widersprach ich hölzern.

„Dann wird es Zeit, dass du es lernst", fand Lilly. „Ich muss mir jetzt die Nase putzen, also würdest du bitte?"

„Dann leg ihn doch in den Kinderwagen", versuchte ich es noch einmal.

„Mach du's, Ally. Ich nies euch gleich alle drei voll. Er beißt nicht und hat auch keine ansteckenden Krankheiten." Drohend zog sie die Nase kraus. „Hhaaaa..."

Wohl oder übel nahm ich ihr also den Zwerg ab. „Boah, ist der schwer", entfuhr es mir.

„...tschiii", machte Lilly und trötete wie ein Babyelefant in ihr Taschentuch.

Baby brabbelte mich fröhlich mit irgendwelchem unverständlichen Kauderwelsch zu.

Lilly schnaubte statt einer Antwort noch einmal kräftig. „Acht Kilo", näselte sie dann hinter ihrem Taschentuch hervor. „Was wiegt Brutus?"

„Keine Ahnung", musste ich zugeben. „Ich hab ihn noch nicht hochgehoben. So weit sind wir noch nicht. Ich bin doch schon froh, dass er wenigstens von mir

Futter annimmt. Außerdem habe ich Angst, dass dann seine Naht wieder aufplatzt."

„Ach ja, das hattest du erzählt", erinnerte sich Lilly. „Ein Autounfall war das, oder?"

„Das vermuten sie hier im Tierheim zumindest", bestätigte ich. „Es ist unser erster Spaziergang heute. Die dachten noch bis vor einer Woche, er würde es überhaupt nicht schaffen, aber wir haben ihn wieder hingekriegt." Darauf war ich ziemlich stolz – zumal mir die Tierheimleiterin höchstpersönlich gratuliert hatte. Denn größtenteils sei das mein Verdienst gewesen, sagte sie, weil Brutus zu mir so viel Vertrauen gefunden habe.

„Ich würde Brutus sogar geschenkt bekommen. Andere lässt er immer noch kaum an sich heran."

„Na, Baby scheint er ja zu mögen", sagte Lilly und nickte mir zu. In meinen Armen verrenkte sich Baby, um irgendwie an Brutus' wuschelige Ohren zu gelangen.

„Nicht ziehen", mahnte ich und ließ ihn ein wenig weiter hinunter. Aber die Sorge hätte ich nicht haben müssen. Brutus reckte sich und leckte Baby über die Händchen, sobald die in seine Reichweite kamen. Baby fing an zu prusten und zu glucksen. Ich setzte ihn mir seitlich auf die Hüfte, wie ich es schon ein paar Mal bei Lilly gesehen hatte. Da thronte der kleine Mann nun, sah mich mit großen dunklen Babyaugen an, als wolle er mir sagen: Siehst du, so schlimm sind Babys ja nun auch nicht. Er hatte so furchtbar kleine Händchen. Aber alles war dran, Fingernägel, kleine Falten, und ordentlich zupacken konnte er auch schon und mich kräftig an den Haaren ziehen.

„So, jetzt kann ich ihn wieder nehmen", sagte Lilly und klatschte auffordernd in die Hände. „Siehst du, du hast es überlebt, da wollen wir es beim ersten Mal nicht gleich übertreiben, oder?"

„Nimm ihn nur. Endlich", stammelte ich. Irgendwas hatten so kleine Babys in ihrem Blick, das einen echt verunsicherte ...

„Wo kommen so kleine Menschenseelen eigentlich her, Wanda?", fragte ich meine warzige Freundin später am Nachmittag.

„Was soll das heißen, ich fange an mich für Säuglinge zu interessieren? Du spinnst wohl, Wanda."

Wanda blähte die Backen und legte den halslosen Kopf schief.

„Ach, mit einer Kröte kann man sich einfach nicht unterhalten", antwortete ich aufgebracht und wandte mich ab. Blödsinn!

Ich unterhielt mich vielleicht mit Tieren, aber ich bin bestimmt nicht eine von denen, die sich in ein paar Jahren über anderer Leute Kinderwagen beugen und dutzidutziduuuh säuseln. Oder als Tarnung, um das Taschengeld aufzubessern, Babysitter werden – und in Wirklichkeit schon mal Mama spielen wollen. Ruckartig drehte ich mich wieder zu Wanda um.

Erschreckt über die plötzliche Bewegung blähte meine warzige Freundin die Backen.

„Mein Sorgenkind heißt Brutus, das will ich dir mal sagen!“, drohte ich mit erhobenem Zeigefinger. „Ich verbitte mir in Zukunft Anspielungen, dass ich auf irgendwelche Babys in unserer Familie so was wie Neugier, geschweige denn Vorfreude entwickeln könnte! Sonst gibt's keine Mehlwürmer mehr, und ich bring dich eigenhändig in den Wald. Haben wir uns verstanden?“

Wanda drehte mir ihren breiten Krötenhintern zu.

Sollte sie nur beleidigt sein, Hauptsache, meine Drohung wirkte. Damit wollte ich es gut sein lassen.

Ich atmete tief durch und hängte mich ans Telefon, um Mechti anzurufen. Ich brauchte Hilfe bei den Physikhausaufgaben.

„Ja, klar, komm vorbei. Ich bin zu Hause. Jasmin ist auch hier. Wir durchstöbern gerade meinen Kleiderschrank“, frohlockte Mechti am anderen Ende der Leitung.

„Ihr macht was?“, fragte ich verblüfft. „Bin in fünf Minuten da.“

Jasmin und Mechti konnte man einfach nicht alleine lassen. Kleiderschrank durchstöbern, das klang gefährlich nach Jasmins Andeutung, Mechti bräuchte eine andere Garderobe. Ich überlegte kurz, ob ich Lilly und Alex als Verstärkung dazutrommeln sollte. Aber ich hatte weder Lust, am Telefon auf Alex' stets schlecht gelaunten Vater zu stoßen, noch mich mit Lillys großem Bruder Kemal darüber auseinander zu setzen, ob seine kleine Schwester zu viel telefonierte oder nicht. Als ob den das überhaupt was angeht!

Ich konnte ja immer noch von Mechti aus anrufen, wenn es wirklich brenzlig wurde.

Jasmin hatte so eine überzeugende und einnehmende Art an sich, dass sogar heilige Lieblingsklamotten ruckzuck in die Altkleidersammlung wanderten – wenn man nicht höllisch aufpasste und Herr über alle seine sechs Sinne war. Und das war eine schwer verliebte Mechti keinesfalls!

Ich schwang mich auf mein Rad und düste los. Keine fünf Minuten später läutete ich Sturm.

Ihre Mutter öffnete mir und fragte: „Na, Ally? Wo brennt's denn? Jasmin und Mechthild sind in ihrem Zimmer und veranstalten eine private Modenschau. Aber ich darf nicht gucken", verkündete sie schmunzelnd.

„Hallo. Eben genau da brennt es", sagte ich kurz angebunden, zog meine Turnschuhe aus und quetschte mich barfuß an ihr vorbei.

Etwas außer Atem kam ich zehn Sekunden später in den zweifelhaften Genuss, Mechti in einer von Jasmins schrillen Blusen, kombiniert mit einem Minirock zu sehen, der ihre weißen Waden noch käsiger als sonst aussehen ließ. „Du lieber Himmel, das geht aber gar nicht", sagte Jasmin und legte bedächtig den Kopf schief.

„Das finde ich aber auch", erklärte ich.

Mechti ließ die Schultern hängen. „Hi Ally"

„Hallo!", begrüßte mich auch Jasmin – allerdings ohne zu mir herüberzusehen. „Hast du wirklich nicht noch einen anderen Rock?"

Mechti schüttelte bedrückt den Kopf. „Du hast schon alle gesehen. Und ich hab auch nicht so ein T-Shirt, wie du meinst."

„Dann müssen wir eben doch dein Lieblings-T-Shirt ganz heiß waschen und in den Trockner tun, damit es einläuft", sagte Jasmin gleichgültig. „Stell dir vor, Ally, sie hat kein einziges enges T-Shirt. Wie soll es denn da klappen mit Thorben, frag ich dich! Kein Wunder, dass er sie übersieht."

„Äh", erwiderte ich baff. Zu mehr kam ich auch nicht, denn Jasmin war ganz in ihrem Element. „Für morgen hab ich schon einen Termin bei meinem Frisör ausgemacht. Da kriegt Mechti ein neues Styling. Ich würde ja eine Dauerwelle vorschlagen. Oder ne schicke Kurzhaarfrisur. Was Fransiges. Was meinst du, Ally?"

„Äh", begann ich wieder, und das war ein Fehler, denn die Zeit reichte Jasmin, um Luft zu holen.

„Na, hätte ich mir ja denken können, dass du in Modefragen nicht die richtige Ansprechpartnerin bist. Warte mal ..." Suchend durchwühlte sie einen der drei Kleiderstapel auf Mechtis Bett. „Vielleicht finden wir ja doch noch ... ich hab da eine Idee."

Insgeheim fragte ich mich, was Jasmin wohl an meiner abgeschnittenen Jeans und dem T-Shirt auszusetzen hatte. Natürlich war mir egal, was sie davon hielt, aber gewusst hätte ich es doch gern.

Mechti sah mich hilflos an. „Sag doch mal was. Wie findest du die Kombination?"

„Das willst du gar nicht wissen", behauptete ich.

„Will ich doch", beharrte Mechti.

„Jasmins Bluse steht dir nicht", gab ich nach.

„Oh", machte Mechti.

„Siehst du, sag ich doch, du willst es nicht wissen."

Mechti zog statt einer Antwort die Bluse aus und nahm seufzend ein T-Shirt, das Jasmin zu unterst im dritten Stapel fand. „Aber da bin ich doch rausgewachsen?", protestierte sie nach einem Blick auf das Etikett im Halsausschnitt.

„Eben", feixte Jasmin. „Das können wir glatt als bauchnabelfreies T-Shirt nehmen."

„Sind die nicht schon wieder out?", wagte ich einen Einwand.

„Das wissen doch die Jungs nicht, und Thorben war im Ausland", behauptete Jasmin entrüstet. „Glaubt mir, das wirkt. Mechti muss knackig aussehen, und das tut man nicht in einer schlabberigen Schale."

„He, ich mag meine Schlabbersachen", widersprach Mechti.

„Ich meine auch", tröstete ich, was uns beiden einen giftigen Blick von Jasmin bescherte.

„Deswegen habt ihr auch beide keinen Freund", befand sie.

„Du auch nicht", erinnerte Mechti.

„Und ich will gar keinen", sagte ich schnell.

„Also, soll ich dir nun mit deiner Garderobe helfen, oder nicht?", lenkte Jasmin geschickt wieder aufs Thema zurück.

Drei Stunden später wusste Mechti überhaupt nicht mehr, was sie nun anziehen sollte, und was nicht. Aber mit den wildesten Variationen aus ihren Sachen, denen von Jasmin und einem Teil, den wir aus dem Schlafzimmerschrank ihrer Mutter geliehen hatten, hatten wir einen Riesenspaß. Vor allem, als wir die Stöckelschuhe mit Zehn-Zentimeter-Pfennigabsätzen fanden und selbst bei beidseitig gestützten Gehversuchen immer wieder über die eigenen Füße fielen. Immerhin einigten wir uns anschließend lachend wieder auf den Ursprungszustand. Und Mechti durfte auch ihre Klamotten behalten, die Jasmin bereits auf einem Riesenstapel für die Altkleidersammlung aussortiert hatte.

Fürs Erste, wie Jasmin beharrte: „Ich such zu Hause noch mal meine Schränke durch. Das gibt's doch nicht, dass wir nicht was finden, das dich ein bisschen aufstylt."

„Ich will aber gar nicht aufgestylt werden", versuchte es Mechti noch einmal. „Bitte, Jasmin. Kann ich nicht so bleiben, wie ich bin?"

„Du darfst", kicherte ich albern.

Aber Jasmin schüttelte energisch den Kopf. „Ich hab dir gesagt, ich helfe dir, und dabei bleib ich."

Ob Mechti nun wollte oder nicht.

Als wir Mechti am nächsten Nachmittag geschlossen vom Frisör abholten, hätten wir sie fast nicht wieder erkannt. Nur gut, dass sie ihre vertrauten Klamotten anhatte. Sie hatte gut fünf Zentimeter ihrer Haare eingebüßt, Strähnen eingefärbt bekommen und war so geföhnt, dass sie glatt zehn Zentimeter größer und drei Jahre älter aussah.

„Wahnsinn! Warte nur, bis wir dich geschminkt haben. Deine eigene Mutter wird dich nicht wieder erkennen!", schwärmte Jasmin, die gleich hinter ihr aus dem Laden trat.

Sie war die Einzige, die das Ergebnis so euphorisch begleitete. Auch Mechti sah nicht so richtig glücklich aus. „Na?", heischte Jasmin um Kommentare und sah uns der Reihe nach an.

Lilly guckte verlegen auf ihre Fußspitzen. Alex kämpfte mit einem versteckten Lachanfall, und ich war einfach sprachlos.

„Gehen wir doch erst mal an den Fluss", schlug Jasmin vor. „Ich hab Pflaumen aus unserem Garten mit."

Also nahmen wir einen Ortswechsel vor. Aber die kurze Zeitspanne, die wir bis zu unserem Lieblingsplatz brauchten, verhalf mir auch nicht zu einer diplomatischen Eingebung – zumal ich die ganze Zeit auf dem Fahrrad vor mir Mechtis neu erworbene Löwenmähne idiotisch auf und nieder wippen sah.

„Was haben sie denn mit dir gemacht?", rutschte es mir dann leider doch heraus.

Alex wieherte.

Mechti klappte ihre Schultern nach vorne und sank in sich zusammen, was ihre Haare noch höher und gewaltiger aussehen ließ.

„War das teuer?", fragte Lilly schließlich und griff beherzt in die Tüte mit den Pflaumen.

„Jasmin hat darauf bestanden, mich einzuladen", gab Mechti zu. So ganz wohl schien ihr nicht in ihrer Haut zu sein.

Jasmin dagegen präsentierte Mechti, als sei sie ein Kunstwerk, das sie geschaffen hatte. „Och, kommt schon. Jetzt mal ehrlich: Wie findet ihr den neuen Look? Nun sagt schon! Das ist Teil eins von Mechtis neuem Ich."

Ich für mein Teil hätte mir an Mechtis Stelle schleunigst einen Plan B für Jasmins Teil-zwei-Vorhaben zurechtgelegt. Alex schien es ganz ähnlich zu gehen. Sie hustete und würgte, weil sie sich verschluckt hatte. Zumindest sagte ich Mechti das. Die Ärmste – so verschandelt worden zu sein und dann auch noch unter Alex' Spott leiden zu müssen, das war nicht fair. Nicht, dass wir uns falsch verstehen – die Frisur war durchaus gelungen – aber sie passte nicht. Nicht zu einem Mädchen in unserem Alter – und schon gar nicht zu Mechti. Das war sie nicht! Das war einfach nicht unsere Mechti.

„Na?“, fragte Mechti schüchtern.

„Es ist ...“, begann ich hilflos.

„... zu aufgedonnert“, schloss Alex.

Mechti sah von mir zu ihr und dann zu Lilly. Die nickte.

„Ach, das könnt ihr doch so pauschal nicht sagen“, wehrte Jasmin ab. „Das ist jetzt total modern. Wir haben ganz viele Modezeitschriften gewälzt und uns super beraten lassen. Lass dir nichts einreden, Mechti.“ Sie nahm sie beschützend in den Arm.

„Aber ich weiß auch nicht, ob ich das gut finde, Jasmin“, sagte Mechti kläglich. „Ehrlich!“

„Nun ist es zu spät“, befand Alex trocken und spuckte einen Pflaumenkern in den Fluss.

Mechti heulte auf. „Und was mach ich jetzt?“

„Tja, wieder drankleben geht ja schlecht“, bemerkte Alex treffsicher.

„Das wär ja noch schöner“, beschwerte sich Jasmin. „Die Strähnchen sind toll. Das war außerdem wirklich teuer, das will ich nur mal am Rande bemerkt haben.“

„Es ist ja auch nicht schlecht“, versuchte ich einzulenken. „Es passt nur nicht zu unserer Mechti.“

Jasmin seufzte. „Ihr habt keine Ahnung von Mode.“

„Mechti, warte doch!" Mechti hatte angefangen zu weinen und war einfach losgerannt.

„Ich hab's doch nur gut gemeint", murmelte Jasmin.

Jetzt hatten wir hier zwei Häufchen Elend.

„Ich mach das", rief Lilly über die Schulter und rannte ihr hinterher. Zum Glück liefen die beiden nicht so schnell, so dass wir sie schnell beide eingeholt hatten.

„Und jetzt?", fragte Alex, während ich noch nach Luft schnappte. Langsam gingen wir zu unseren Sachen zurück, Mechti beschützend in unserer Mitte.

„Schadensbegrenzung", schlug Lilly vor und machte sich auch gleich ans Werk. „Wirst sehen, Mechti. Das ist alles halb so wild. Meine Mutter kommt ganz oft total unzufrieden vom Frisör, weil sie da auch immer so hochgeföhnt wird. Aber mit nass machen, kämmen und trocknen lassen kann man eine Menge erreichen, glaub mir." Damit tauchte sie ihren Kamm in den Fluss und befeuchtete Mechtis Wundermähne. Ein paar Minuten später war das Ergebnis halbwegs passabel.

„Die wachsen ja auch schnell, deine Haare", versuchte nun auch Jasmin sie zu trösten. „Ich hab's ehrlich nur gut gemeint", fügte sie hinzu.

„Das wissen wir doch", erklärte Lilly schnell. „Und die Strähnchen sind auch echt ganz pfiffig."

Damit waren dann alle Beteiligten einigermaßen besänftigt.

Nur Alex brummte leise: „Was für ein Haufen Irrer."

Ich nickte heimlich. Wie konnte man sich wegen einem Jungen nur so kirre machen lassen?

„Ist er den ganzen Aufwand denn überhaupt wert?“, fragte ich und versuchte sachlich zu klingen.

„Klar“, nickte Mechti eifrig, während Lilly mit Jasmins Kamm fleißig an ihrer Haarpracht herumzupfte. Ihre Tränen waren vergessen. „Er ist so klug und witzig. Und hat superschöne Hände. Habt ihr die noch nicht bemerkt? Ich weiß nur nicht, wie ich an ihn rankommen soll.“ Sie putzte sich geräuschvoll die Nase.

„Du musst seine Aufmerksamkeit erregen“, sagte Jasmin altklug. „Davon rede ich doch die ganze Zeit.“

„Na, wenn du's mal beim Reden belassen hättest“, warf Alex schnippisch ein.

„Obwohl, seine Aufmerksamkeit hättest du mit diesem Pudelkopfputz bestimmt erregt“, kicherte ich.

„Und öffentliches Ärgernis“, ergänzte Alex.

„Oh, nun fangt doch nicht schon wieder an“, ging Lilly dazwischen.

Ich versuchte meine Fassung wiederzuerlangen. „Na, und warum fragst du ihn nicht mal, ob er mit dir ins Kino geht?“, schlug ich vor.

„Das geht doch nicht!“, widersprach Mechti entsetzt. „Viel zu auffällig.“

„Nachhilfe?“, probierte es Jasmin.

„Wer glaubt denn Mechti, dass sie Nachhilfe braucht?“ Ich tippte mir an die Stirn. Es gab doch kein Fach, in dem Mechti schlechter als zwei stand.

Wir dachten eine Weile schweigend und Pflaumen kauend vor uns hin.

„Ich hab's", meinte Lilly dann. „Wir schmeißen eine Party und laden ihn ein."

„Als einzigen Jungen?", fragte Alex skeptisch.

„Quatsch, wir laden lauter süße Jungs ein", antwortete Jasmin. Ihre Augen leuchteten. „Und ich schmink uns alle."

„Nur über meine Leiche", wehrte Alex ab.

„Außerdem kennen wir keine süßen Jungs", meinte Lilly.

„Außer Thorben", widersprach Mechti.

Jetzt verdrehten wir alle die Augen.

„Aber was, wenn er nicht kommt?", überlegte ich.

„Dann war die Party umsonst", brachte Alex die Sache auf den Punkt.

„Also keine gute Idee", sagte Jasmin traurig. „Schade."

„Ich werde niemals an ihn rankommen", jammerte Mechti.

„Och, wieso", meinte ich. „Das sah doch schon ganz gut aus, wie ihr oben im PC-Raum zusammengegluckt seid."

„Ach das. Da hat er mir nur irgendwelche langweiligen Cookies erklärt."

Ich zog fragend die Brauen hoch.

„Internetkram", sprang Alex erklärend ein.

„Aha", machte ich gleichmütig.

Mechti ging überhaupt nicht darauf ein. „Ich steig da einfach nicht durch“, erklärte sie weiter und hob die Schultern. „Er ist nett und hilfsbereit und freundlich. Aber total unverbindlich!“

„Vielleicht merkt er gar nicht, dass du ihn gut findest?“, vermutete Lilly.

„Na, das hoff ich doch schwer, dass er das nicht merkt“, sagte Mechti heiser und lief knallrot an.

„Mechti ist verlie-iebt, Mechti ist verlie-iebt“, stimmten wir an. Aber das ließ sie mittlerweile kalt.

„Ja, ja, lästert nur, ich erinnere euch beizeiten daran, wenn es euch mal so geht.“

„Na, immerhin tun wir alles, um dir zu helfen“, maulte Jasmin.

„Schnipp, schnapp“, sagte Alex und machte sich mit den Fingern in ihren Haaren zu schaffen, als wolle sie sie schneiden.

Wir anderen kicherten wieder.

„Wie dem auch sei, ich muss jetzt los“, verkündete Alex nach einem Blick auf ihre Armbanduhr. „Um sechs macht der Laden zu.“

Lilly runzelte die Stirn. „Was du da immer alles einkaufen musst.“

Alex’ Eltern hatten unserer Meinung nach ein gemeinsames Hobby: Ihrer Tochter alle möglichen und unmöglichen Jobs, Botengänge und Einkäufe aufzuhalsen. Jede Menge fiese Jobs gab’s gratis – und das, obwohl ihr Vater arbeitslos war, eh nur den ganzen Tag vor dem Fernseher hing und ungenießbar war. Der könnte genauso gut selber gehen, wenn man mich fragt. Deswegen hing da auch ständig der Haussegen schief. Alex kriegte das meiste ab, und ihre Mutter traute sich nicht, den Mund aufzumachen. Alles in allem ziemlich ätzend, soweit ich da durchblicke. Das allerdings nicht besonders tief, denn Alex machte selbst ja nie den Mund auf, und das meiste muss man sich zusammenreimen. Andererseits – vielleicht hatte ihr Vater ja gesundheitliche Probleme und konnte gar nicht selber einkaufen? Ich überlegte weiter. Manche Leute bekamen ja Hämorriden vom vielen Sitzen, hatte ich mal gelesen. Darüber sprach natürlich niemand gern.

„Gute Besserung an deinen Vater", wünschte ich aus voller Überzeugung. Alex sah mich an, als hätte ich vorgeschlagen, ein Ufo zum Geburtstag einzuladen. „Na, ich dachte ja nur", stotterte ich. „Er könnte doch sonst selber ... ich meine." Ich wurde rot.

Ich sah es an Alex' Gesichtsausdruck, dass sie gekränkt war und glaubte, ich wollte sie hochnehmen.

„Bis morgen dann." Und wieder einmal schwang sie sich ohne weitere Erklärung auf ihr Fahrrad und ließ uns stehen.

„Manchmal ist sie echt komisch", sagte ich halblaut.

„Ach, lass sie, ne Macke hat doch jede von uns, nicht wahr, kräuterkundige Krötenfreundin?", scherzte Lilly und legte den Arm um mich.

Wir grinsten.

„So, und jetzt wollen wir mal sehen, was wir für dich tun können. Soll ich dir das Wickeln beibringen? Weißt du überhaupt, wie man einen Säugling trägt?"

Ich hielt mir die Ohren zu. „Ich will es gar nicht wissen", protestierte ich. Aber dann ließ ich mich doch breitschlagen, in den nächsten Tagen mal bei Lilly vorbeizusehen und mir einen Baby-Crashkurs geben zu lassen. Natürlich nur, weil man solches Wissen ja immer mal einsetzen kann. Zum Beispiel, um eine Taschengelderhöhung günstig zu beeinflussen. Oder wenn man das Gespräch auf heimatlose Tierheimhunde bringen wollte.

Bei uns zu Hause sah es inzwischen immer mehr nach Familienzuwachs aus. Meine Mutter wurde zwar nur ganz schleichend ein bisschen dicker – wer nicht eingeweiht war, sah immer noch nichts –, aber meine Eltern hatten schon mächtig umgeräumt. Papas mit vielen englischen Möbeln eingerichtetes Büro barst aus allen Fugen, denn hier stand jetzt auch Mamas antiker Schreibtisch nebst diversen Literaturbergen. Mama ist Übersetzerin – für Englisch natürlich. Und ihr Spezialgebiet sind langweilige historische Texte. Darüber hat sie irgendwann mal Papa kennen gelernt. Der hatte wohl das eine Buch, das ihr noch für eine wissenschaftliche Arbeit fehlte. Und er hat es ihr nur geliehen, als sie ihm versprochen hat, ihn zu heiraten. Oder so ähnlich.

Mamas ehemaliges Büro sollte jetzt jedenfalls das zweite Kinderzimmer werden. Und ich Pappnase hatte mich auch noch überrumpeln lassen und zugesagt, beim Streichen zu helfen. Wahrscheinlich weil ich so froh war, dass ich mein Zimmer nun doch nicht teilen musste. Zudem hatte ich einen Taktikwechsel beschlossen. Da ich mit meinem Widerstand ja keine Tatsachen verändern konnte, musste ich versuchen, den Feind auf meine Seite zu ziehen, um dann im geeigneten Moment Boden gutzumachen. Also: stellvertretend für das feindliche Baby quasi meine Mutter. Unsere Mutter. Es wollte mir immer noch schwer von den Lippen.

Ich wartete auf den geeigneten Moment, um unter Zeugen das Versprechen zu bekommen, dass Wanda auf ewig bleiben durfte. Oder sollte ich da besser keine schlafenden Hunde wecken und das Thema gar nicht anschneiden? Ich war mir über die Einzelheiten meiner Taktik noch nicht so ganz schlüssig. Klar war nur, dass ich meine Eltern auf alle Fälle in Sicherheit wiegen musste, wenn ich irgendetwas erreichen wollte.

Auf Mechti konnte ich im Moment nicht zählen. Sie lungerte ja jede freie Minute im PC-Raum rum und bangte einem zufälligen Erscheinen von Thorben entgegen. Was ihn anging, waren wir immer noch nicht weiter.

Und Jasmin würde sich eher die Fingernägel brechen, als mit einer Farbrolle eine gerade Linie an die Wand zu malen.

Immerhin hatten Lilly und Alex versprochen mitzuhelfen, das künftige Babyzimmer zu streichen. Meine Mutter war für solche Sachen im Moment überhaupt nicht zu gebrauchen. Ihr wurde schon schwindelig, wenn sie nur einen Farbeimer sah. Zumal mein Vater auch davor warnte, dass Farbdämpfe ungeborenen Babys schaden könnten. Solche Artikel las er seit neustem immer in aller Ausführlichkeit beim Frühstück oder Abendessen vor. Natürlich hatte er eine englische Babyzeitschrift abonniert. Ich war heilfroh, dass ich noch nicht alles verstand, was da stand. Farbdämpfe waren also giftig für ungeborene Babys. Und was war mit uns?

Pünktlich wie verabredet klingelten Alex und Lilly an der Tür.

„Ich mach schon auf", rief ich. Meine Mutter saß im Wohnzimmer in unseren alten Lederohrensessel gekauert, sah die Fernsehnachrichten und heulte.

Ich hatte mich ja schon daran gewöhnt, aber was würden die anderen sagen?

„Das sind die Hormone", stellte Lilly nach einem kurzen Blick sachkundig fest. „Meine Mutter hat das auch gehabt, als Baby unterwegs war. Sie hat sogar bei Hollywoodkomödien Rotz und Wasser geweint. Aus Rührung. Könnt ihr euch das vorstellen?"

Alex schüttelte den Kopf.

Ich nickte zustimmend. Seit Mama schwanger war, konnte ich mir so ziemlich alles vorstellen. „Bestimmt darf ich bald nur noch mit Filzpantoffeln durch die

Wohnung gehen, wenn das Baby schläft, und nie mehr laut Musik hören!", überlegte ich laut. „Wahrscheinlich schaffen wir auch noch die Vogelhäuschen im Garten ab, weil die Vögel zu viel Lärm machen."

„Ach, Ally, geht das schon wieder los?", schimpfte Lilly und malte mir die Nase mintgrün.

„Ups!" Ich fühlte mich ertappt und wischte mit dem Handrücken die Farbe weg.

„Ich sag ja, du bist co-schwanger!" Lilly grinste. „Jetzt hast du auch Farbe an der Wange und in den Haaren."

„Sieht aber gar nicht schlecht aus", gluckste Alex. „Das sollten wir Jasmin als neuen Modegag verkaufen."

„Dann müssen wir aber alle im Partnerlook gehen, sonst glaubt sie's nicht", beschloss ich und verteilte großzügig Mintgrün in Alex' und Lillys Haaren. „So!"

Alex schüttelte sich, dass die Farbe spritzte, und hinterließ ein wildes Tupfensprenkelmuster auf der Wand.

„Das kann ich auch", rief Lilly. Mit ihren langen Haaren ging es natürlich noch viel besser.

„Wenn's mit dem Abitur nicht klappt, kannst du Pinsel werden!", lachte ich und legte Farbe nach.

„He, die oberen zwei Drittel sollten pfirsichfarben werden", hörten wir da meine Mutter hinter uns. Unser Gekreische hatte sie offensichtlich alarmiert und die traurigen Fernsehnachrichten vergessen lassen.

Schuldbewusst zog Alex den Kopf ein und duckte sich. Als ob sie einen tierischen Anschiss erwartete. Lilly biss sich auf die Unterlippe und ging unauffällig hinter uns in Deckung. Und ich stand da wie eine Schaufensterpuppe im Baumarkt und versuchte reizend und lieb auszusehen.

„Das geht bestimmt wieder ab“, stotterte Alex und zeigte verlegen auf die Wand „Wir können es ja auch noch übermalen.“

Aber meine Ma war gar nicht sauer. Sie wollte sich halb tot lachen. Dem armen Baby in ihrem Inneren wurde bestimmt schlecht von der ganzen Schüttelei.

„Nein, lasst mal“, japste sie, als sie wieder halbwegs Luft bekam, und hielt sich den Bauch. „Das ist eigentlich eine schöne Idee. Das lassen wir so und marmorieren es zusätzlich pfirsichfarben mit dem Schwamm.“

„Wie?“, fragte Lilly.

„So.“ Meine Mutter öffnete den zweiten Farbeimer, tunkte eins der Schwämmchen in den Bottich und tupfte dann mit dem Schwamm wahllos neben und auf die mintfarbenen Tupfen im oberen, weißen Wanddrittel.

„Kriegt ihr das hin?“

Ich nickte eifrig. „Klar, Mama. Aber mach die Tür von außen zu, okay?“

„Versprecht mir nur eins“, bat sie beim Hinausgehen. „Ich bring euch was zum Füßewaschen, und die schmutzigen Kittel zieht ihr bitte hier drin aus.“

Wir hatten – Mamas Voraussicht sei Dank – alte Karohemden von Papa übergezogen, die uns bis zu den Knien reichten.

„Machen wir“, versprach ich, und ehe die Tür ganz ins Schloss gefallen war, demonstrierte ich den anderen meine Art von Schwammtechnik.

„Yeah“, brüllte ich und schmiss haarscharf an Lillys Kopf vorbei.

Das Ergebnis unserer wilden Schwammschlacht war, dass wir am Ende alle pfirsichfarben waren. Und das untere Drittel der Wand mussten wir an einigen Stellen noch mal von vorne streichen.

„Na ja, sollte ja eh zweimal übermalt werden“, sagte Lilly achselzuckend.

Alex sah plötzlich auf ihre Uhr und riss sich ganz erschreckt den Kittel vom Leib. „Ach du Schande, ich muss los ... ich habe völlig die Zeit vergessen. Ich hätte schon vor fünf Minuten zu Hause sein sollen.“

„Das ist doch nicht so wild“, meinte ich. „Schieb's auf uns. Meine Mutter ruft gern bei euch an.“

„Bloß nicht“, wehrte Alex entgeistert ab und schlüpfte, dreckig wie sie war, mit ihren Füßen in Socken und Turnschuhe. „Das gibt so schon Stress genug.“

„Wieso machen deine Eltern eigentlich ständig Theater?“, fragte Lilly. „Können die nie was locker sehen?“

Alex griff nach ihrem Rucksack und rubbelte panisch an einem Farbklecks herum. Dabei verschmierte sie ihn allerdings nur noch mehr.

„Versuch's mit kaltem Wasser", schlug ich vor. „Und bei deinen Eltern musst du mal auf den Tisch hauen. Rede mit ihnen. Die können dich doch nicht wie eine Sklavin behandeln!"

„Wie du meinst", sagte Alex. Sie machte nicht den Eindruck, als ob sie vor lauter Ausziehen, Anziehen und Schuhebinden überhaupt richtig zugehört hätte.

„Vorsicht! Der Farbeimer", kreischte Lilly.

Ich konnte gerade noch danach hechten und ihn festhalten, bevor Alex ihn im Schwung beim Türaufreißen umgefegt hätte.

„Sorry! Bis morgen dann!", rief sie und war weg.

„Hoppsa!", machte meine Mutter und balancierte ihr Tablett neu aus, das sie uns eben bringen wollte. „Hier, Pistazieneis und frisch gepresster Orangensaft. Ich dachte, das passt farblich. Warum hat's Alex denn so eilig?"

Wir zuckten mit den Schultern und machten uns über das Eis her. „Ihr Vater ist ein bisschen komisch", erklärte ich und teilte Alex' Portion gerecht zwischen Lilly und mir auf.

„Indirekt hat das aber auch sein Gutes", freute sich Lilly. „Das Eis taut sonst ja weg. Das kann man ja nicht aufheben für sie. Wie schade ..."

„Wie weit seid ihr denn?", erkundigte sich meine Ma dann und schaute sich um. „O, das sieht ja schon gut aus. Das können wir so lassen. Wenn dann noch die Bärchen-Bordüre dazwischenkommt, müsste es doch zauberhaft aussehen, oder? Was meint ihr?"

Lilly nickte eifrig. „Ja, super. Das gefällt Ihrem Baby bestimmt. Wie soll es denn heißen?"

Ich rempelte Lilly heimlich an. Sie musste doch nun wirklich nicht auch noch ein Gespräch über Babys vom Zaun brechen! Ich war ihre Freundin. Nicht meine Mutter! Und schon gar nicht das Baby!

Aber Lilly ließ sich nicht bremsen. „Ich hab Ally schon angeboten, das wir gerne zusammen mit dem Kinderwagen losfahren können. Ich hab ja auch einen kleinen Bruder. Der ist so süß."

Wenn er nicht brüllte wie am Spieß, meinte ich mich zu erinnern. Da konnte Lilly nämlich ganz schön Amok laufen. Aber ich hielt brav die Klappe.

„Aha", machte meine Mutter erfreut und sah mich an. „Das hat Ally mir noch gar nicht erzählt."

Gab es hier irgendwo einen Ameisenhaufen? Jetzt hätte ich Lilly dort am liebsten festgebunden. Mir so in den Rücken zu fallen! Da konnte sie ja gleich noch hinterherpetzen, dass ich wickeln lernen wollte. Aber das würde ich mir bestimmt nicht anhören. Sollten die beiden doch alleine in Babygeschichten schwelgen. Mir reichte es.

„Ich muss dann auch los", sagte ich verstimmt und ließ ein Drittel meines Eises stehen. „Muss ins Tierheim, Brutus füttern."

„Wer ist das denn?", erkundigte sich meine Mutter pflichtschuldig und streichelte sich über ihr Minibäuchlein.

„Das kann dir ja Lilly erzählen", beschloss ich und ließ die beiden sitzen.

„Das ist so ein Hund ...", hörte ich Lilly auch prompt erzählen, als ich ging. Aus dem Augenwinkel sah ich nur noch, wie meine Mutter es sich in größtmöglicher Entfernung zu den Farbkübeln im Schneidersitz gemütlich machte und Lilly sich mein restliches Eis krallte. Typisch!

Im Tierheim wurde ich dafür wieder entschädigt. Brutus stürzte sich förmlich auf mich und schleckte mir schwanzwedelnd von oben bis unten durchs Gesicht.

„Hey!", beschwerte ich mich lachend. „Du tust ja gerade so, als hätten wir uns tagelang nicht gesehen!"

„Na ja, für so eine kleine Hundeseele können auch vierundzwanzig Stunden ein halbes Leben sein", meinte die Tierheimleiterin lächelnd im Türrahmen lehnend. „Hier, ich hab sein Fressen schon vorbereitet. Aber von mir will er's einfach nicht nehmen. Verrat mir mal bei Gelegenheit, wie du es anstellst, dass dir die schwierigsten Hunde buchstäblich aus der Hand fressen."

„Wenn ich's wüsste", prustete ich und versuchte Brutus' Riesenzunge zu entwischen.

Ich rappelte mich hoch und nahm Frau Dellbrügge den Napf ab. Er war randvoll mit leckerem Trockenfutter.

„Mhhh, Brutus", lockte ich. „Sieh mal, was ich hier Gutes für dich habe."

Brutus sprang völlig aufgeregt an mir hoch und winselte. „Ja, ja, gleich kriegst du. Hier habe ich dein Fresschen“, erzählte ich weiter und stellte ihm den Napf dann in eine Ecke des Zwingers. Er stürzte sich darauf, als hätte er seit drei Tagen nichts mehr bekommen. Ich fühlte mich richtig glücklich, als ich ihm beim Fressen zusah. Langsam trat ich ein paar Schritte zurück, auf Frau Dellbrügge zu, die uns von außen zusah.

„Heute Mittag waren übrigens Interessenten für ihn da“, teilte sie mir dann unvermittelt mit.

Mein Herz rutschte mir in die Kniekehlen. „Was?“, brachte ich gerade noch heraus.

„Ganz nette Leute“, fuhr die Tierheimleiterin fort. „Eine Familie mit zwei kleinen Kindern. Er war ganz reizend zu den Zwillingen ...“

Ich hatte das Gefühl, keine Luft mehr zu bekommen.

„... aber sie haben es weder geschafft, ihm die Leine umzulegen, noch nahm er auch nur einen einzigen Leckerbissen von ihnen an. Sogar Leberwurst hat er verschmäht. Das muss man sich mal vorstellen! Ally, ich weiß nicht, was das mit dir und Brutus ist.“

Sie schlug die Hände über dem Kopf zusammen. Brutus erschrak. Nach einem Blick zu mir fraß er allerdings beruhigt weiter.

„Ich habe so etwas jedenfalls in dreizehn Tierheimjahren noch nicht erlebt“, sagte Frau Dellbrügge dann. „Ich glaube, es ist an der Zeit, dass wir uns darüber mal unterhalten.“

Ich schluckte. War das der Rauswurf? „Ich weiß es auch nicht“, begann ich stockend. „Ich könnte ja versuchen ...“

„Ally. Ich glaube, da sind Hopfen und Malz verloren“, unterbrach mich Frau Dellbrügge. „Ich fürchte, dieser kleine Racker ist einfach nicht vermittelbar.“

„... und dann hat sie gesagt ...“ Ich stand vor Wandas Terrarium und heulte Rotz und Wasser. „Sie hat gesagt, ich darf ihn behalten.“

Meine warzige Freundin beäugte mich schweigend aus ihren Glubschaugen, während ich bereits die zweite Packung Taschentücher angebrochen hatte.

„Was soll das heißen, warum ich dann heule?“, fragte ich entgeistert und vergaß über diesen frechen Zwischenruf fast das Schluchzen.

Wanda sah mich erwartungsvoll an.

„... na weil ich glücklich bin natürlich. Menschen sind so“, erklärte ich schniefend, bevor mich der nächste Weinanfall schüttelte. Mein Hals tat mir weh, mein Kopf dröhnte, und schlecht war mir auch. Sogar meine Knie waren irgendwie wie Pudding. „Aber ich werde ihn wahrscheinlich überhaupt nicht mit nach Hause nehmen dürfen“, heulte ich dann weiter. „Und das macht mich furchtbar traurig. Und deswegen weine ich auch.“

Ich hätte schwören können, dass Wanda die Augen verdrehte.

„Du könntest ruhig ein bisschen mehr Mitgefühl zeigen“, herrschte ich sie an.

Empört blähte sie die Backen.

„Ich stell mich überhaupt nicht an“, schimpfte ich. „Das ist gemein von dir!“

Wanda verkrümelte sich in ihre Schlammecke und nahm ein Bad.

„Ja, du mich auch“, pampte ich sie an und putzte mir die Nase.

Es klopfte.

Wanda tauchte unter. Ich wischte mir mit dem Handrücken schnell die Tränen ab.

„Ally, ist irgendetwas passiert, was ich wissen sollte?“ Neugierig steckte mein Vater den Kopf durch die Tür.

„Nix“, sagte ich mühsam und schüttelte den Kopf. „Alles in Ordnung.“

„Hmm“, machte mein Dad, runzelte die Stirn und verzog sich wieder. Wahrscheinlich war er froh, dass er seine väterliche Pflicht erfüllt hatte und dabei auch noch glimpflich weggekommen war.

Dann ging die Tür plötzlich noch einmal auf. „Ach ja, bevor ich es vergesse, deine Freundin Mechti hat angerufen. Es klang dringend.“

„Ach herrje“, sagte ich. „Wann war das denn?“

„Oh, vor etwa zwei Stunden?“, überlegte mein Vater und kratzte sich mit einem Bleistift, den er gewöhnlich hinters Ohr geklemmt trug, am Kopf. „Du warst gerade los ins Tierheim.“

„Mann, Papa. Wieso sagst du denn so was nicht

gleich?" Wütend riss ich meine Jeansjacke vom Haken und drängte mich an ihm vorbei zur Tür hinaus. Wer das Sprichwort vom zerstreuten Professor geprägt hat, muss mit meinem Vater groß geworden sein. Furchtbar!

Mechti saß völlig aufgelöst in ihrem Zimmer. Lilly und Jasmin waren schon da.

„Wo ist Alex?", fragte ich.

„Ich habe versucht, sie zu erreichen", erklärte Lily. „Aber da ist niemand rangegangen."

„So, Mechti. Wir anderen sind jetzt aber alle da. Nun mach's nicht so spannend. Warum hast du uns so dringend heute Abend noch herzitiert?", fragte Jasmin.

Zu mir gewendet erklärte sie: „Wir sitzen hier nämlich schon fast eine Stunde, und sie hat eisern geschwiegen."

Wir sahen sie gespannt an.

„Ihr wisst doch, unser Motto", begann Mechti verlegen. „Alle für eine, eine für alle ..."

„... alle nach London", brachten wir den Satz zu Ende.

„Und weiter?", fragte ich.

Mechti langte unter ihr Bett und angelte zwei Schuhkartons hervor.

„Ich habe mich morgen mit Thorben ins Kino verabredet", gestand sie.

„Mensch! Das ist ja super!", platzte Jasmin heraus.

„Gut gemacht, Mechti", lobte Lilly.

„Wie hast du denn das gemacht?“, wollte ich wissen.

„War eigentlich ganz einfach“, gab Mechti verlegen zu. „Ich hab ihn im PC-Raum abgepasst. Und als niemand drin war außer uns beiden, hab ich die Kino-Charts auf dem Rechner aufgerufen. Und gesagt, dass ich Bert Pitt so toll finde ...“

„Der heißt Brad Pitt!“ Lilly verdrehte die Augen. „Das hast du hoffentlich nicht gesagt, oder?“

„Weiß ich nicht mehr“, meinte Mechti erschrocken. „Aber er hat nichts gesagt, also muss es wohl gestimmt haben.“

„Und weiter?“, brachte ich sie wieder aufs Thema zurück.

„Na ja, und da sagte er, dass im Sommerfilmprogramm gerade ein Film mit Pitt wiederholt wird.“

„Welcher denn?“, wollte Lilly wissen. „Brad Pitt find ich auch klasse.“

„Untersteh dich!“, drohte ich und pikste Lilly mit dem Zeigefinger in den Brustkorb. „Da kannst du nicht mit, das ist ein Date!“

„Oh Gott, mir ist jetzt schon schlecht“, hauchte Mechti. „Den Titel hab ich glatt vergessen. Ist das denn so wichtig?“

„Klar“, beharrte Lilly. „Das lässt tief blicken: Wenn er dich in eine Komödie einlädt, will er dich als Kumpel haben, ist es ein Horrorfilm, sucht er eine Gelegenheit, sich an dich ranzuschmeißen. Geht ihr in einen Western oder Science Fiction, ist er einfach ein großer Junge, der mit Mädchen nichts anfangen kann. Und ist es eine Schnulze, dann meint er es ernst."

„Ich weiß es wirklich nicht mehr", jammerte Mechti.

„Soweit ich weiß, hat Brad Pitt nie Western gedreht", tröstete ich.

„Ich werde dich schminken", bot Jasmin an.

„Bloß nicht!", widersprachen Mechti, Lilly und ich wie aus einem Mund.

„Im Kino ist es dunkel", bemerkte Lilly.

„Aber vorher und nachher", beharrte Jasmin.

„Denk an deine Frisöraktion", erinnerte ich sie.

„Ich könnte dir auch zeigen, wie's geht. Und du machst es selbst?", überlegte Jasmin, offenbar ein wenig eingeschüchtert.

Mechti nickte. „Ja, gern. Ein bisschen Wimperntusche könnte vielleicht nicht schaden."

„Und Abdeckstift gegen die Pickel. Und ein bisschen Rouge für die Wangen. Aber dann bräuchtest du auch ein wenig Lippenstift. Warte mal ..." Sie kramte – bereits wieder völlig in ihrem Element – in ihrer Handtasche herum.

„Jasmin! Hallo?", versuchte ich sie zu stoppen. Aber sie hörte mich gar nicht.

„Hier. Den hab ich gesucht", sagte sie triumphierend. „Lipgloss. Der zaubert nur einen Hauch von Silber auf deine Lippen. Genau richtig."

„Mal sehen", sagte Mechti zögernd. „Ich weiß noch nicht."

„Aber weswegen sind wir denn jetzt alle hier? Nur wegen der Neuigkeiten, oder ist da sonst noch was?“, wollte Lilly wissen. „Bei allem Respekt für deinen Mut. Aber deswegen allein hast du mich doch nicht vorm Fernseher weggeholt, oder?“

„Ach ja“, erwiderte Mechti dankbar. „Hier.“ Sie klopfte auf die Kartons. „Ich hab beide zur Ansicht mitgenommen, weil ich mich nicht entscheiden konnte. Welche passen besser zu dem Minirock und dem T-Shirt?“

Du hast uns wegen zwei Paar Schuhen hierher bestellt?", kreischte Lilly. „Bei uns gab's gegrillte Lammhack-Burger zum Abendessen. Die haut sich jetzt alle Kemal rein. Und ich kriege Salat mit Salat, wenn du verstehst, was ich meine!"

„Eine für alle, alle für eine", wiederholte Mechti schwach unser Motto und lächelte uns entschuldigend an.

Ich seufzte. „Na, zeig schon her, die Dinger."

Nachdem die arme Mechti ihre neuen Schuhe auch noch mit sämtlichen möglichen und unmöglichen Kleiderkombinationen vorgeführt hatte, war ihr Schrank leer – genau wie unsere knurrenden Mägen und rauchenden Köpfe.

„Also, ich finde, die Stiefeletten passen am besten zu dem Minirock", wiederholte Jasmin zum dreiundvierzigsten Mal.

„Aber ich denke, wir hatten uns auf die Shorts geeinigt? Und dazu die Rüschenbluse?", unterbrach ich.

„Nein, das gebatikte T-Shirt ", berichtigte Lilly. „Oder?"

Mechti ließ sich aufs Bett fallen, das – ebenso wie der Fußboden – voll mit allen möglichen Kleidungsstücken war. „Dann zieh ich eben meine alten Sandalen an, und dazu die Shorts und mein Lieblings-T-Shirt", stöhnte sie.

Wir kreischten auf.

„Auf keinen Fall!", rief Jasmin. „Wir waren doch nicht umsonst hier!"

Da ging die Tür auf, und ihre Mutter kam mit einer Riesenschüssel Schokoladenpudding herein. Oder besser gesagt, bis zur Türschwelle. Denn weiter kam sie nicht.

„Hallelujah", begrüßte sie uns. „Nehmt mir mal das Tablett ab. Ich dachte mir, ihr seid bestimmt hungrig, und bis der Grill so weit ist, dauert es noch ein paar Minuten. Also Pudding als Vorspeise. Ihr bleibt doch zum Essen?"

„Was gibt es denn?", fragte Jasmin, die die Praktischste von uns war.

„Chicken wings, ich dachte, die mögt ihr doch bestimmt alle, oder?"

Vierstimmiges Indianergeheul war die Antwort. „Ich ruf nur schnell zu Hause an und sag Bescheid", sagte Lilly und hüpfte durch Wäschelücken in den Flur.

Ich teilte derweil den Pudding auf. Lecker! Solche Vorspeisen liebe ich.

„Von mir aus könntest du jeden Abend Schuhprobleme haben", mampfte Lilly zehn Minuten später.

Mechti strahlte. „Ich glaub, ich zieh wirklich die Stiefeletten an und geb die Pumps zurück."

„Und mit was nun?", erkundigte sich Jasmin.

„Das überschlaf ich noch mal", seufzte Mechti. „Wenn die Schuhe nur nicht so teuer wären! Dafür geht mein ganzes Taschengeld drauf."

„Du könntest die Stiefeletten ja auch nach eurem Date zurückgeben. So schnell läuft man die doch nicht ab, wenn man im Kino sitzt. Da sehen sie bestimmt nicht gleich getragen aus, oder?", schlug Lilly vor.

„Der Vorschlag könnte auch von Alex stammen", grinste ich und nahm mir noch einen Hühnchenflügel. Eigentlich bin ich ja Vegetarierin aus Prinzip. Aber das halte ich leider nicht konsequent durch, weil ich Hühnchenflügel und fish & chips, also Fisch und Pommes, so gern mag. Jetzt bin ich konsequente Nicht-Säugetieresserin statt inkonsequente Vegetarierin. Gut, oder?

„Jetzt muss ich aber wirklich los", sagte Lilly schließlich, hielt sich den leicht kugelig vorgewölbten Bauch.

„Ich komm mit", verkündete ich, und Jasmin schloss sich uns auch an.

„Wir sehn uns dann morgen?", fragte Mechti der Ordnung halber, nachdem wir gemeinsam noch schnell den Tisch abgeräumt und die Teller in die Spülmaschine gestellt hatten.

„Wie immer", nickte Jasmin. „Ziehst du die Sachen da schon an?"

Mechti schüttelte heftig den Kopf. „Das geht doch

nicht, dann ist es doch nichts Besonderes mehr!"

„Genau", stimmte ich zu. „Zieh doch morgen früh die Gesundheitssandalen an. Das gibt einen schönen Kontrast!" Ich grinste.

Als Dank für meinen kreativen Vorschlag schlug mir Mechti mit der Küchenrolle auf den Kopf. „Quatschkopp."

Ich wollte als Letzte durch die Tür gehen, da zog sie mich noch einmal zurück.

„Du, Ally ...", druckste sie herum. „Das brauchen die anderen nicht mitzukriegen ... du hast doch so Zauberbücher ... steht da nicht was für mich drin?"

„Um Thorben zu bezirzen?", fragte ich.

„Nein, um dem Papst das Steppen beizubringen!" Sie sah mich an, als wäre ich nicht ganz bei Trost. „Natürlich wegen Thorben!"

Ich überlegte. „Na, dafür bist du ja reichlich früh dran."

Von draußen riefen Jasmin und Lilly nach mir. „Wo bleibst du denn?"

„Ich komme gleich nach. Fahrt ruhig schon mal los. Wir sehn uns sonst morgen früh", rief ich nach draußen und ging im Geist meine Bücher mit dem Liebeszauber durch. „Also, eine Haarlocke hast du nicht zufällig?"

Mechti schüttelte erwartungsgemäß den Kopf.

„Du könntest ihm ein paar Staubkrümel deiner gefeilten Nägel in ein Getränk mischen."

„Wie soll ich das denn machen?“, fragte Mechti begriffsstutzig.

„Na, sobald er aufs Klo geht, feilst du dir die Nägel und staubst das in seine Cola. Stell dich mal nicht so an!“

„Das merkt der doch“, widersprach Mechti. „Und wenn das einer sieht.“

„Aber was anderes fällt mir auf die Schnelle nicht ein. Es ist kein Vollmond, und wir haben auch keine Sonnenwende, und so ganz ohne Vorlauf ... man könnte auch Basilikumsamen säen und in einen Topf auf die Fensterbank stellen ...“, erzählte ich.

Mechti unterbrach: „Das ist gut. Das mach ich!“

„Ja, aber der muss doch wachsen ... das geht nicht über Nacht! Und ich muss noch mal nachschlagen wegen des Spruchs ...“

„Aber dann ist der Anfang gemacht“, widersprach Mechti, bevor ich weiterreden konnte. „Ich finde bestimmt Kräutersamen bei meiner Mutter im Küchenschrank. Ich wusste doch, auf dich ist Verlass!“ Damit drehte sie sich um und knallte mir die Tür vor der Nase zu.

„... der dazugehört“, beendete ich – von Mechtis abruptem Abgang noch völlig überrumpelt – meinen Satz.

„Wanda, ich sage dir, Mädchen sind kompliziert“, sinnierte ich, während ich in Schönschrift den passenden Zauberspruch aus meinem Hexenbuch für Mechti abschrieb. Den hatte ich zur Abwechslung schnell gefunden. Hauptsache, es wirkte auch. Ich wollte es Mechti ja wünschen, auch wenn ich nie verstehen würde, was man an einem Jungen so umwerfend finden konnte.

Wanda sah mir mit kritischem Blick zu.

„Natürlich mach ich das ordentlich", meckerte ich zurück. „Brauchst gar nicht den Kopf so schief zu legen. Schöner wird es davon auch nicht."

Zack!

„Ach Mensch. Siehst du, jetzt hab ich mich verschrieben, nur wegen dir!" Schimpfend knüllte ich das Papier zusammen und kickte es in eine Ecke meines Zimmers. Immerhin so ungefähr in die Richtung des Papierkorbes. Werfen war halt noch nie meine Stärke gewesen. Zerknirscht griff ich nach einem neuen Blatt Papier. „Ja ja, du hast Recht und ich meine Ruhe. Natürlich pass ich auf", schimpfte ich.

Meine warzige Freundin blähte triumphierend die Backen und schnalzte mit ihrer Zunge nach einer Stubenfliege, die sich keine drei Zentimeter vor ihr niedergelassen hatte und sich die Hinterbeine rieb. Schmatzend verspeiste sie das vorwitzige Insekt.

Ich hörte einen Augenblick mit dem Schreiben auf und grübelte weiter. „Es ist aber eigentlich kein Wunder, dass das so schwierig mit den Jungs ist", überlegte ich. „Mama sagt, Männer sind einfach gestrickt. Wahrscheinlich verstehe ich deswegen nicht, was an denen so faszinierend sein soll. Ist doch logisch, oder?"

Wanda starrte mich an.

Ich stierte zurück. „Du hast selber keine Ahnung, komm du erst mal in mein Alter."

Am nächsten Morgen steckte ich Mechti unauffällig den Zettel mit meinem Zauberspruch zu. „Du kannst auch noch seinen Namen dazu schreiben und in die Erde unter die Samen legen. Aber da sollte eigentlich Vollmondlicht draufscheinen."

„Ach, wird auch so gehen", meinte Mechti und steckte den Zettel schnell in die Hosentasche, bevor die anderen etwas mitbekamen.

„Aber das wirkt erst, wenn der Samen aufgeht", flüsterte ich.

„Pscht", machte Mechti. „Hallo, Alex!"

Alex kam uns etwas steif entgegen. „Morgen", brummte sie.

„Was ist denn mit dir los?", fragte ich. „Kriegst du Rheuma?"

„Ha, ha", machte Alex gequält. „Hat jemand die Mathehausaufgaben? Bin gestern nicht mehr dazugekommen."

Mechti verdrehte die Augen.

„Du hast ja wirklich deine Sandalen angezogen", wieherte Lilly hinter uns und wedelte mit dem Matheheft herum. „Hol's dir, Alex", qietschte sie und hielt es über ihren Kopf. Alex hatte es natürlich mit einem Griff. Aber ihr Blick und ein leises Stöhnen sagten, dass ihr heute nicht nach sportlichen Wettkämpfen zu Mute war.

„Ich hab meinen Rücken an meinem Schreibtisch gestoßen", gab sie mürrisch zu, als sie unsere besorgten Blicke sah.

„Wie hast du denn das geschafft?", erkundigte ich mich verblüfft.

„Dazu braucht man kein Abitur", schnaubte sie und fügte etwas leiser hinzu: „Ich bin mit dem Fuß am Kabel meiner Lampe hängen geblieben. Die Steckdosenleiste verläuft hinten unter dem Schreibtisch. Und da bin ich wohl ein bisschen zu früh aufgetaucht, nachdem ich es wieder eingesteckt hatte, und bin am Schubfach hängen geblieben."

Das war ausnahmsweise mal eine selten ausführliche Erklärung, lobte ich im Stillen.

„Und lass mich raten, dein Vater war sauer, dass du mit deinem Rücken eine Macke in den Schreibtisch fabriziert hast!", versuchte ich einen lockeren Spruch.

Dummerweise schien ich ins Schwarze getroffen zu haben. Alex' verletzter Blick sprach Bände.

„He, ich hab da was für dich", meinte Lilly und holte eine weiß-blaue Packung hervor. „Traumeel ... Schieb mal dein T-Shirt hoch", befahl sie und schraubte die Tube mit der Salbe auf.

„Nein, lass mal, geht schon", behauptete Alex.

„Na, das seh ich", widersprach Lilly. „Los jetzt, stell dich nicht so an. Ist schon fünf vor acht."

„Eben", zischte Alex. „Deswegen schreib ich jetzt Mathe ab, okay?"

Aber damit gaben wir uns nicht zufrieden. Gemeinsam, auf ein heimliches Zeichen hin, hielten Mechti und ich Alex fest, und Lilly schob ihr das T-Shirt den Rücken hinauf. Emsig begann sie zu schmieren, ohne sich von Alex' Strampeleien und Fluchtiraden aus der Ruhe bringen zu lassen.

Der Gong trieb uns in die verschiedenen Klassenzimmer auseinander.

Alex riss ihr T-Shirt herunter. Lilly wischte sich die Cremefinger an ihrer Jeans ab.

„Scheiße, und Mathe?", rief Alex.

„Er wird die Hefte schon nicht einsammeln", machte ich ihr Mut. Aber das tat unser Lehrer dann leider doch.

Alex war trotzdem den ganzen Schultag lang fast übertrieben fröhlich. Ganz so, als wolle sie uns auf Teufel komm raus klarmachen, dass es ihr fantastisch gehe und alles ganz harmlos war.

„Trotzdem finde ich das mit Alex alles irgendwie reichlich seltsam, Wanda."

Mir gingen Alex und ihre immerwährenden Probleme mit den Eltern nicht aus dem Sinn. Ob man mal mit ihnen reden sollte? Aber was würden sie dazu sagen, wenn plötzlich Alex' Clique vor der Tür stand und mit ihnen Erziehungsfragen diskutieren wollte? Ich zerbrach mir den Kopf darüber, was man tun konnte.

Wanda natürlich nicht. Sie mampfte lieber schmatzend auf ihren Mehlwürmern herum. Ein kringelndes Wurmende wand sich noch im linken Maulwinkel. Ich verzog den Mund.

„Igitt, Wanda. Das Baby darf dir aber später nicht beim Essen zuschauen. Deine Tischmanieren sind ja nun nicht unbedingt jugendfrei. Nachher kriegt es noch Albträume!“

Dann musste ich auch schon wieder los. Kaum zu glauben, wie schnell die Zeit vergeht, wenn man so ein bisschen Smalltalk mit seiner Kröte hält.

Ich warf Wanda noch einen Abschiedsmehlwurm zum Fraß vor, krallte mir meine Büchertasche und sah zu, dass ich schnellstmöglich auf mein Fahrrad und in die Englisch-AG kam.

Diesmal schaffte ich es rechtzeitig genug, um die anderen noch draußen auf dem Pausenhof zu treffen.

Mechti hatte sich schlussendlich für Minirock, Stiefeletten und ein schlichtes enges T-Shirt entschieden.

„Natürlich hab ich das jetzt schon an", fauchte sie, als ich sie danach fragte. „Sonst glaubt er doch, ich würde mich extra für ihn und das Kino nachher umziehen! ... Oh Gott, Ally, mir ist soo schlecht." Sie war ein einziges Nervenbündel. Ihren Schwarm heute gleich zweimal zu sehen, das hielten ihre Kniegelenke offenbar noch weniger als ihr Magen aus.

„Ich bin ganz schön zittrig", verkündete sie mau und setzte sich auf das kleine Mäuerchen. „Ich glaub, ich hab Kreislaufprobleme."

„Nun stell dich doch nicht so an. Das wird schon", sagte Lilly kurz angebunden.

Mechti sah sie zweifelnd an.

Lilly nickte bekräftigend.

„Na, dann lasst uns doch besser reingehen, bevor er dich hier durch die Gegend zittern sieht", schlug Alex vor, offensichtlich froh, dass sie nicht mehr im Mittelpunkt des Cliquen-Interesses stand.

„Da seid ihr zu spät dran", verkündete Jasmin. „Ich hab ihn eben durchs Fenster mit Bob den Gang runtergehen sehn. Er hat freundlich hier rüber gelächelt."

„Und warum sagst du nichts?", schimpfte Lilly.

„Hab ich doch", verteidigte sich Jasmin.

„Stunden später", meinte Lilly.

„Sag lieber, wie er gelächelt hat?", wollte Mechti wissen.

„Na, gelächelt halt", wiederholte Jasmin.

„Mensch, nun werde doch mal deutlicher: Freundlich? Milde? Mitleidig? Abwesend? Von oben herab? Unsicher?"

„Blöd? Altklug? Angeberisch?", half Alex Mechtis Liste der Lächelarten weiterzuspinnen.

Jasmin kicherte.

„Ihr nehmt mich nicht ernst!", jammerte Mechti.

„Nun lasst doch!", mischte ich mich ein. „Gehen wir

lieber, sonst verpasst Mechti wertvolle Minuten der Zweisamkeit."

Bei mir und Lilly untergehakt, stakte Mechti auf ihren neuen Stiefeletten Richtung Klassenzimmer.

„Ich glaub, die Absätze sind doch ein bisschen hoch", gab sie zu.

„Na ja, du sollst ja auch keinen Dauerlauf veranstalten", gab Jasmin zu bedenken.

„Ich bin ja auch nicht des Wahnsinns fette Beute", grunzte Mechti und stolperte vorsichtig weiter.

„Aber ins Kino kannst du dann alleine gehen?", erkundigte sich Alex halb besorgt, halb belustigt.

Mechti schickte ihr einen giftigen Blick.

„Ich mein ja nur!" Alex hob entschuldigend die Hände.

„Hi everybody", begrüßte uns Bob mit seinem Schottenlächeln zwei Minuten später. Ich nannte es so, weil es einfach so schottisch aussah, wie sein roter Schnäuzer nachwippte, wenn er die Mundwinkel zu einem breiten, gewinnenden Lächeln verzog. Bob hatte feuerrote Haare und sah aus wie ein waschechter Highlander. Mit meiner lebhaften Fantasie konnte ich ihn mir prima als Touristenschreck vorstellen: Hätte er einen Kilt an und würde schreiend durchs Hochland laufen, nähme alles Reißaus, was zwei oder mehr Beine hat. Aber nicht, dass wir uns falsch verstehen. Er war total nett! Nur eben so ... schottisch!

„Next time, I will show you some slides of Scotland",

verkündete er gerade und verdeutlichte die neuen Vokabeln mit ausladenden Gesten.

„Erinnert mich an die Fernsehansagen für Hörgeschädigte", flüsterte mir Alex ins Ohr.

„Oh je, weißt du noch, die Kuhnasen und Ohren letztes Mal?", kicherte Lilly von links. Bobs Diavorführungen waren der Hit gegen schlechte Laune. Er liebte es, Detailaufnahmen von Hochlandrindern zu knipsen und diese Dias unvermittelt zwischen die von Schlössern, Natur und Aufnahmen von Kneipen und Leuten zu platzieren.

Zumindest ein Tag der nächsten Woche war damit schon mal gerettet! Ich trug mir die Dia-Show gleich fett in meinen Hausaufgabenkalender ein. Damit ich was zum Freuen hatte.

„Sorry", meldete sich da Thorben zu Gehör. „I can't."

„Au", beschwerte sich Alex laut. Mechti hatte sich bei ihr in den Unterarm gekrallt, als Thorben verkündete, dass er nicht dabei sein würde. Alex schenkte mir einen Hilfe suchenden Blick und kniff die Augen zusammen. Mechti hatte lange Fingernägel und ordentlich Kraft in den Fingern. Das kam bestimmt vom stundenlangen Hacken auf irgendwelchen Computertastaturen.

Ich hob ebenso bedauernd wie mitfühlend die Achseln und verdrehte in Mechtis Richtung die Augen. Sie bekam davon nicht das Geringste mit. Sie war wie immer damit beschäftigt, an Thorbens Lippen zu hängen und seinen englischen Erklärungen zu folgen. Von Satz zu Satz wurde sie dabei immer bleicher. Es wäre unpassend gewesen, Mechti jetzt zu stören und nachzufragen, warum das so war. Aber zum Glück kriegte ich mit einem Ohr Thorbens Ausführungen halbwegs alleine mit. Es ging nämlich gar nicht darum, dass er nur nächstes Mal nicht in der Englisch-AG sein konnte, weil er mit seinen Eltern irgendwohin musste. Das allein hätte Mechtis Blässe ja kaum hinreichend erklären können – verliebt bis über beide Ohren hin oder her. Ich kannte zwar nicht alle Vokabeln, die Thorben so draufhatte, aber das Wesentliche habe ich verstanden:

Genau genommen hatte Thorben sogar vor, ganz aus dem Englischkurs auszusteigen. Das war der Augenblick, in dem Alex ganz schnell ihren Unterarm vor Mechtis Krallen rettete und ihr den Mund zuhielt, damit sie nicht laut losschrie.

Thorben war unterfordert. Eigentlich nahe liegend, dass es langweilig sein muss, sich mit Anfängern herumzuschlagen, wenn man ein Jahr in England gelebt hat, fand ich. Aber Mechtis aufgerissenen Augen nach zu urteilen war es nicht nur die Katastrophe der Woche, sondern auch noch ein persönlicher Affront. Wie konnte er ihr das antun? Ihr bleicher Blick sprach Bände.

Dabei lächelte Thorben sie ganz besonders lieb an, als er sagte, wie viel Spaß ihm der Kurs gemacht hatte. „But I prefer to join the French club, as we move to France soon", sagte er mit einem entschuldigenden Engelslächeln, für das selbst ich ihm jeden Gefallen getan hätte.

Mechti entfuhr ein heiseres Geräusch, das mich irgendwie an unseren original englischen Teekessel erinnerte, kurz bevor er den Siedepunkt erreichte und lospfiff.

„Was hat er gesagt?“, fragte Alex dazwischen.

„Alles hab ich auch nicht verstanden“, zischelte ich zurück.

„Irgendwas mit Frankreich und Französisch“, flüsterte Lilly. „Und warum heult Mechti?“

Unsere Köpfe flögen zu ihr herum.

„Weil sie's verstanden hat, ihr Pappköppe“, wisperte Jasmin und reichte ein Taschentuch durch. Gute Freundinnen wie wir sind, bemühten wir uns redlich, sie abzuschirmen, so dass Thorben keinen Blick auf sie erhaschen und sehen konnte, dass sie weinte. Mechti schaffte es, relativ schnell wieder die Kontrolle über ihr Gesicht zu erlangen. Jasmin schob ihr unauffällig einen Make-up-Spiegel hin, damit sie die verlaufene Wimperntusche abwischen konnte.

Tapfer lächelnd schob sie ihn nach erfolgter Kontrolle und Reparatur geschätzte zehn Sekunden später zurück.

„So, du wirst also bald nach Frankreich ziehen, how interesting, wie interessant!“, fasste Bob Thorbens Neuigkeiten zusammen. Jetzt hatten wir es auch kapiert.

Mechti schluckte. Thorben lächelte schüchtern.

Dann war die Stunde vorbei. Doch die dritte Katastrophe des Tages ließ Mechti nicht lange warten.

„Wo trefft ihr euch denn?“, erkundigte sich Alex nach der Stunde.

„Ich hole ihn ab“, erklärte Mechti abwesend. Sie stand noch immer unter Schock. Dass Thorben ihr aber auch nicht früher etwas davon erzählt hatte, dass sein Vater schon wieder versetzt worden war! So unvermittelt vor allen Leuten mit solchen Hiobsbotschaften rüberzukommen, fand ich ziemlich unsensibel. Nur noch sechs Wochen waren sie hier in der Stadt. Also wurde es wirklich Zeit, dass Mechti die Sache in die Hand nahm und ein für alle Mal klärte, ob er etwas für sie empfand.

„Das ist ja blöd. Wieso holt er dich denn nicht ab, so wie sich das gehört?“, fragte Jasmin pikiert.

„Weil wir im einundzwanzigsten Jahrhundert leben und er direkt neben dem Kino wohnt. Darum“, gab Mechti zurück.

„Wow“, stellte ich fest. „Teure Wohngegend.“

„Botschafter“, meinte Alex achselzuckend.

„Und wann ist es so weit?“, wollte Lilly wissen.

„In einer halben Stunde“, erwiderte Mechti nach einem Blick auf ihre Armbanduhr. „In einer halben Stunde!“, wiederholte sie, plötzlich aufgewacht. „Ich muss los. Du liebe Zeit! Das schaff ich ja kaum. Drückt mir die Daumen! Tschüss!“

„Ruf mich hinterher an!", bat ich.

„Mach ich!", rief Mechti zurück. „Spätestens um acht. Und dann Telefonkette!"

„Wehe wenn nicht", brüllte Alex ihr übermütig hinterher.

Aber drei Stunden später hatte ich immer noch keine Nachricht von Mechti bekommen. Ich saß in meinem Zimmer und versuchte mich auf die Mathehausaufgaben zu konzentrieren. Da klingelte endlich das Telefon.

Ich klappte mein Buch zu, dessen Inhalt ich nach anderthalb Stunden immer noch nicht hätte wiedergeben können, und eilte in den Flur.

„Gehst du ran? Ich bin nicht da, falls es Professor Floyd ist", brummte mein Vater aus seinem Arbeitszimmer. „Sag ihm, ich habe mich in Luft aufgelöst."

„Und was heißt das auf Englisch?", fragte ich zurück.

„I disappeared into thin air", konterte mein Vater ernsthaft. „Hattet ihr das noch nicht? Das ist Grundwortschatz, mein Kind. Und jetzt stör mich bitte nicht weiter, ich arbeite." Man könnte meinen, mein Vater hat einen wunderbaren Humor. Hat er auch, aber das meinte er vollkommen ernst. Ich hörte es an seinem erschütterten Tonfall. „Ist eh für mich, Papa. Kein Stress!", rief ich in die Richtung, aus der geschäftiges Papierrascheln kam. Bestimmt lag mein Vater wieder über tausenden von Papierschnipseln auf dem Boden und versuchte ein Puzzle aus alten Schriftstückchen zusammenzusetzen. Das konnte noch gefährlich werden für Papas Blutdruck, wenn hier ein Baby durch die Gegend robbte und sich alles in den Mund stopfte. Schlimm genug, meinen Vater leiden zu hören, wenn jemand das Fenster öffnete und Durchzug entstand. Dann sah man unsere Familie geschlossen auf dem Boden herumkriechen und zur Schadensbegrenzung Zettel klauben. Der ganz normale Wahnsinn in unserer Familie.

„Ja, hallo?", fragte ich.

„Ist das Tante Hildegard?", rief da meine Mutter aus dem Wohnzimmer und versuchte den Fernseher zu übertönen. Seit Wochen zog sie sich irgendwelche verblödenden Talkshows rein und beschwerte sich dann bei uns über den Niedergang der Fernsehnation beim Abendessen.

„Nein, es ist Lilly", antwortete ich und seufzte.

„Oh, ich dachte, du erwartest einen Anruf von Mechti?", brüllte meine Mutter zurück, statt einfach leiser zu stellen.

„Ja, sie ist es aber nicht. Mama, kann ich jetzt bitte telefonieren?"

„Ja, wer hält dich denn davon ab?"

„Hör mir auf mit schwangeren Müttern", brummelte ich in mich hinein.

Lilly kicherte sich einen Ast.

„Hast du was von Mechti gehört?", unterbrach ich ihren Lachanfall.

„Nein, deswegen ruf ich ja an", gluckste sie, mühsam beherrscht. „Ich dachte, vielleicht du?"

Sinnloserweise schüttelte ich den Kopf. „Lass uns lieber die Leitung freihalten, ok?" Ich versuchte, nicht schnippisch zu klingen. Meine Güte, was die anderen an meiner Familie nur immer so komisch fanden!

Genervt widmete ich mich wieder meinen Hausaufgaben. Die beiden Seiten in dem Mathebuch hätte ich theoretisch schon auswendig können müssen, so lang wie ich sie bereits anstierte. Aber weitergebracht hatte mich das noch keinen Millimeter.

Doch kaum hatte ich mich gesetzt, klingelte das Telefon schon wieder. Ich spurtete wieder los.

„Ist für mich!", rief ich durchs Haus, bevor meine Eltern wieder auf die Idee kamen, mich voll zu salbern.

„Psschhht!", kam prompt der Kommentar meines Vaters aus seinem Arbeitszimmer

„Dann grüß Mechti schön", rief meine Mutter aus dem Wohnzimmer, wo gerade zwei streitende Nachbarinnen aufeinander losgehen wollten.

„Hallo?", rief ich ein wenig atemlos in den Hörer. Von meinem Schreibtisch zum Telefontischchen im Flur in zehn Sekunden, ohne hinzufallen – so schlecht war ich doch nicht in Sport.

„Hast du schon was gehört?" Jasmin war am anderen Ende der Leitung.

„Ach, du bist's." Ich ließ meiner Enttäuschung freien

Lauf. „Nein, Mechti hat sich noch nicht gemeldet. Vielleicht bei Alex?"

„Das haben wir gleich." Klick, hatte Jasmin auch schon aufgelegt.

Verdutzt starrte ich den Hörer an, aus dem nur noch ein monotones Tuten kam. Ich legte auf, und war gerade in mein Zimmer zurückgeschlurft, da klingelte es schon wieder.

„Mechti? Bist du's?", fragte ich keuchend.

„Nein, ich noch mal", kam die enttäuschende Antwort von Jasmin. „Bei Alex ist besetzt. Warum schnaufst du denn so?"

Ich japste nach Luft. „Wir haben Wasserrohrbruch, und ich kann kaum noch stehen, so hoch ist es", behauptete ich.

„Na, dann fühlt sich deine Kröte doch bestimmt sauwohl!", grinste Jasmin.

„Kröten gehen nur zum Laichen ins Wasser", widersprach ich resigniert.

„O.k., ich leg schon auf."

Dankbar hängte ich ein. Und dann klingelte es schon wieder.

„Ja?", pampte ich in den Hörer.

„Hello, this is Floyd, London calling. May I speak to your dad?"

Pflichtgemäß antwortete ich, wie mir aufgetragen worden war. „So sorry, Mister Floyd. My father disappeared into thin air."

Und im nächsten Moment riss mir mein unsichtbarer Vater von hinten den Hörer aus der Hand. Versteh einer die Erwachsenen.

Jasmin und Alex riefen dann noch zweimal bei mir an und nervten, ob ich was wüsste. Drei Stunden, hatten wir ausgerechnet!

„So lange dauert doch kein Kinofilm!", beschwerte sich Lilly entrüstet. Die hatte ich jetzt angerufen. Aber sie wusste auch nichts.

„Vielleicht sitzen sie ja auf einer Parkbank und knutschen?", kicherte ich albern.

„Glaub ich nicht", meinte Lilly.

„Ich kann's mir ja auch nicht vorstellen", antwortete ich ernst. „Du meldest dich, wenn du was hörst?"

„Klar, aber umgekehrt genauso", versprach Lilly, und wir legten auf.

„Wanda, was machen wir nur?" Meine warzige Freundin sah mich erstaunt an, als ich sie mit der Schreibtischlampe in ihrer Mooshöhle weckte. „Mechti ist immer noch nicht zu Hause, und es ist gleich neun. Ich mache mir Sorgen."

Wanda quakte mich vorwurfsvoll an.

Es war höchst selten, dass sie ein Geräusch von sich gab. Alarmiert drehte ich die Lampe ein Stück von ihr weg. „Wie, du meinst, ich soll da hinfahren? Und was sag ich ihren Eltern? Die halten mich doch für übergeschnappt. Ich will sie auch nicht beunruhigen."

Wanda drehte sich um.

„Ist ja schon gut, ich hör immer auf dich, weißt du doch. Wenn du meinst, das wird sich ergeben, dann ergibt es sich eben. Klar."

Woher nahm so eine kleine Kröte nur ihre Selbstsicherheit? Das haute mich immer wieder um. Ich lauschte noch einmal ins Terrarium hinein, nachdem ich mir meine Jacke angezogen hatte. Aber Wanda drehte sich eisern nicht mehr um und schwieg sich aus. Kopfschüttelnd verließ ich mein Zimmer und radelte zu Mechtis Wohnhaus. In ihrem Zimmer brannte Licht.

„Na, dem Universum sei Dank." Erleichtert atmete ich aus. „Dann wird ja nichts passiert sein." Ich schwankte gerade, ob ich nun wütend Sturm klingeln oder leise wieder nach Hause fahren sollte und den anderen Entwarnung geben, als ich Mechtis Vater aus der Garage kommen sah.

„Hallo, Ally", sprach er mich an. „Das nenn ich wahre Freundschaft. Du hast wohl einen sechsten Sinn, wie?"

„Wie meinen Sie das?", fragte ich argwöhnisch.

„Komm mit rein. Das muss dir Mechti selbst erzählen", sagte er und öffnete die Haustür. „Wir sind gerade aus den Krankenhaus gekommen. Ich hab nur noch ihre Schuhe aus dem Auto geholt." Demonstrativ hielt er mir Mechtis neue Stiefeletten hin.

Die hatten mir gleich so unbequem ausgesehen, kein Wunder, dass sie die Dinger ausgezogen hatte. Aber sie hätte sie doch selber holen können! Mein Vater hätte sie mir nicht nachgetragen, überlegte ich. Komisch kam mir das Ganze erst eine Zehntelsekunde später vor.

„Es ist doch nichts passiert?“, fragte ich matt.

„Doch, das kann man wohl sagen“, lächelte ihr Vater. „Aber es ist nicht so wild, wie es aussieht.“

„Aha“, machte ich skeptisch. Das klang aber nicht gut!

Du hast was?“

„Einen dreifachen Bänderriss“, sagte Mechti schwach. Sie lehnte halb versunken in drei turmhoch aufgeschüttelten Federkissen und sah ziemlich bleich aus. Kein Wunder, nach einem so ereignisreichen Tag.

„Wie hast du das denn angestellt?“, fragte ich erschüttert und ließ mich auf einen Stuhl neben ihrem Bett sinken.

„Diese blöden Stiefeletten“, heulte Mechti. „Ich bin über meine eigenen Füße gestolpert, als wir die Treppe runtergingen.“

Ich verkniff mir mühsam einen Spruch zu diesem Missgeschick. „Als du ihn abgeholt hast?“, fragte ich stattdessen. „Oder im Kino?“

„Nein, schon bei ihm zu Hause“, jammerte Mechti und schnäuzte sich. „Wir waren überhaupt nicht im Kino. Da sind wir nie angekommen. Ich lag ja blöd bei ihm im Hausflur rum.“

„Quasi direkt zu seinen Füßen“, seufzte ich. „So haben wir das aber nicht gemeint mit unseren Anbaggertipps! Na, immerhin gut, dass es noch kein Winter ist. Du hättest dir auch noch ne Lungenentzündung einfangen können."

„Ha, ha", machte Mechti kläglich.

„Und wie ging's weiter?"

„Ich lag da wie ein Marienkäfer auf dem Rücken und hab versucht, die Zähne zusammenzubeißen. Aber es tat so weh, Ally!"

„Das glaub ich", sagte ich mitfühlend. „Wie viele Stufen bist du denn runtergefallen?"

„Drei", jammerte Mechti und begann wieder zu weinen.

Diesmal war es noch mühsamer, den Todessturz von der Teppichkante unkommentiert zu lassen. Drei ganze Stufen, und alle Bänder durch, das sollte ihr mal einer nachmachen!, dachte ich. Sagte ich aber nicht. Ich fand mich tapfer.

„Es war so peinlich! Und ich lag da und konnte mich nicht bewegen, und die Leute auf der Straße haben schon geguckt, und dann hat er mich unter die Arme genommen und mir aufgeholfen ... er benutzt ein Eau de Toilette, wusstest du das? ... na, jedenfalls haben wir's irgendwie zu ihm in die Wohnung geschafft ... sie wohnen im Hochparterre, das ging noch ... und dann hat seine Mutter meinen Vater angerufen, und der hat mich ins Krankenhaus gebracht. Und das war's. Jetzt hab ich so ne blöde Schiene ums Bein und darf es sechs Wochen nicht belasten."

„Du hast nicht mal nen Gips bekommen?“, fragte ich in Mechtis nächste Schnäuzpause. „Das macht ja nichts her.“

Mechti sah mich mit großen, geröteten Augen an und schluchzte.

„Ich denke nur praktisch“, verteidigte ich mich. „Da hätte er super unterschreiben können, und ein Gips sieht auch so schön gefährlich aus.“

„Ja, aber bei Bänderriss kriegt man keinen Gips mehr“, belehrte mich Mechti traurig und schniefte.

„Na immerhin hat er dich schon mal getragen, das bringt einen doch einander näher, oder nicht?“, versuchte ich sie aufzumuntern. „Und in seinem Zimmer warst du auch schon. Wie sieht es aus?“

Mechti schüttelte kläglich den Kopf. „Nein, war ich nicht. Seine Mutter hat mich im Wohnzimmer auf die Couch gelegt. Und dann hat sie ihn zum Telefonieren geschickt und mir kühle Umschläge gemacht, bis mein Vater kam. Ich hatte nicht mal Gelegenheit, mich mit ihm zu unterhalten.“

„Oh“, sagte ich, aufrichtig mitleidend. „Aber es ist doch auch toll, dass er so viel für dich getan hat“, unternahm ich einen neuen Anlauf, sie zu trösten.

„Das hat ihm doch alles seine Mutter klargemacht“, schmälerte Mechti seine Leistung.

„Da kann er doch nichts dafür, Mechti. Mal ehrlich. Hättest du gleich gewusst, was zu tun ist, wenn dein Schwarm dir plötzlich vor die Nase purzelt?“

„Das sah bestimmt total bescheuert aus, das ist so peinlich, ich will sterben", heulte Mechti und vergrub sich in ihr Kissen. Dabei musste sie sich allerdings ordentlich verrenken, um den Knöchel nicht zu verdrehen. Das Bein schien höllisch wehzutun.

Gerade als ich nachsehen wollte, ob sie überhaupt noch Luft bekam, tauchte sie wieder auf und schluchzte: „Vielleicht hat er sogar meine Unterhose gesehen, als ich dalag! Oh Gott! Ich kann ihm nie wieder in die Augen sehen! Ich bin verloren!"

Wenn sie Recht hatte, war es wirklich höchst unangenehm. Das konnte ich gut nachvollziehen. „Hat er schon nicht", sagte ich hölzern. Jetzt könnte ich supergut Schützenhilfe von Jasmin oder Alex und Lilly gebrauchen. Typisch – wenn man die Clique mal brauchte, war niemand da.

„Und ihr wart alle nicht da", meldete sich Mechti wieder zu Wort. „Nie ist jemand da, wenn man wirklich jemanden braucht."

„Thorben war doch da", stellte ich richtig. Aber das löste nur einen neuen Heulanfall bei Mechti aus.

Jetzt war ich mit meinem Latein am Ende. Ich wusste wirklich nicht, was ich noch für tröstende Worte finden sollte. Im Blumenbeet wuchsen die ja auch nicht! Blumenbeet! Auf einmal stand mir der kalte Schweiß auf der Stirn.

„Mechti, Blumenbeet!" Ich rüttelte sie am gesunden Bein und zeigte stammelnd auf ihr Fensterbrett, wo ein großer Topf mit Blumenerde neben einer Gießkanne stand. „Der Basilikum. Du hast ihn schon eingesät, oder?"

„Ja, klar, sollte ich doch", schniefte Mechti verwundert. „Und den Zettel mit seinem Namen hab ich auch drin vergraben."

„Aber ich hab dir doch gesagt, dass der Zauber erst wirken kann, wenn die Pflänzchen groß sind." Ich triumphierte. „Das ist ja fast schon unheimlich. Es wirkt. Verstehst du denn nicht?"

Mechti sah mich an, als ob ich nun völlig übergeschnappt sei. Sie schüttelte den Kopf.

„Es wirkt", wiederholte ich aufgeregt. Zum ersten Mal in meinem Leben schien ein Zauber tatsächlich zu funktionieren! „Dein Date musste ja schief gehen, weil wir den Zauberspruch benutzt haben, bevor der Basilikum wachsen konnte."

„Du glaubst doch nicht etwa, wegen diesen dämlichen Kräutersamen habe ich mich auf die Klappe gelegt?"

Ich nickte euphorisch.

„Dann tu mir einen Gefallen", bat Mechti und holte tief Luft. „Geh mal rüber ans Fenster, mach es auf und schmeiß diesen blöden Blumenpott da achtkantig raus!"

Ich tat natürlich nicht, was sie da von mir verlangte. „Mechti, hör doch, es funktioniert. Du musst nur ein bisschen Geduld haben", versuchte ich sie zu überzeugen. Aber Mechti wollte von meinen Zauberkünsten nichts mehr hören.

„Der fährt in sechs Wochen auf Nimmerwiedersehen nach Frankreich, du Schlaubergerin. Dann nutzt es mir nichts mehr!“

Als sie drohte, mit einem Buch nach mir zu werfen, beschloss ich, dass es jetzt höchste Zeit war, nach Hause zu radeln und mich ans Telefon zu hängen. Die anderen wollten ja schließlich auch endlich Bescheid wissen.

Und den Blumentopf nahm ich mit.

„Wart nur ab, Wanda, das wird doch noch was mit den beiden“, raunte ich meiner warzigen Freundin zu, als ich den Blumentopf mit den Basilikumsamen und Thorbens vergrabenem Namenszug neben ihr Terrarium stellte.

Meine Kröte zuckte mit keiner Falte.

„Ich mach das schon, Wanda, ein bisschen mehr Vertrauen in mich könnte nicht schaden!“

Als ich ins Bad ging, um mir die Zähne zu putzen, kam ich am Babyzimmer vorbei. Meine Mutter und mein Vater waren gerade dabei, sich über den Stellplatz der Wickelkommode zu streiten. Ich wollte mich gerade still und leise vorbeischleichen, als die dumme Bodendiele knarzte.

„Ally?“, hörte ich meine Mutter fragen.

„Nein, der Küchenchef vom Hotel Ritz“, murmelte ich. „Ja, wer sonst“, sagte ich laut.

„Sag mal, wo würdest du die Kommode hinstellen?“, fragte mein Vater scheinheilig.

„Oh nein, aus euren Streitigkeiten halte ich mich raus“, wehrte ich ab. Ich bin ja nicht auf den Kopf gefallen!

„Mal was anderes“, begann mein Vater. „Wieso lungerst du eigentlich in letzter Zeit ständig im Tierheim herum?“

„Ich bin da schon seit Monaten ehrenamtliche Helferin“, erwiderte ich steif. Worauf lief das hinaus? Dieses Gespräch war mir irgendwie unheimlich.

Mein Vater machte schon wieder den Mund auf, und meine Mutter legte ihm auch noch besänftigend die Hand auf den Arm. Das gefiel mir nicht. Das gefiel mir überhaupt nicht! „Hör mal, Papa, können wir das auf morgen vertagen? Ich bin sehr müde, meine Freundin hat sich einen dreifachen Bänderriss zugezogen, und ich will ins Bett.“

Aber mein Vater ließ sich nicht beeindrucken. „Das ist doch eine simple Frage, keine Doktorarbeit. Die kannst du doch mal eben in zwei Sätzen beantworten, oder?“

„Nicht so heftig“, versuchte meine Mutter ihn zu bremsen. Aber wenn mein Vater so richtig in Fahrt kommt, bremst ihn gar nichts und niemand. „Das ist doch sicher furchtbar dreckig und voller Viren und Bakterien da, oder? Und ist das überhaupt für Kinder geeignet? Ich meine, du könntest doch ebenso gut im Altenheim Gutes tun, wenn du deine soziale Ader ausleben willst.“

„Papa, ich bin aber sehr gerne da und arbeite lieber mit Tieren als mit alten Menschen. Die Hunde und Katzen sind übrigens auch alle geimpft und entwurmt", versuchte ich zu argumentieren.

„Mir gefällt das nicht", beharrte mein Vater.

„Schatz, du fängst das falsch an", unterbrach meine Mutter.

„Ach was", schnauzte mein Vater.

„Liebling, reg dich doch nicht auf!" Meine Mutter sprach beruhigend auf ihn ein und drückte ihm einen Kuss auf die Wange.

Ich nutzte die Gelegenheit zu verschwinden. „Ich geh jetzt wirklich besser schlafen, ich habe morgen einen anstrengenden Tag in der Schule", behauptete ich. Dass das weniger an den Fächern lag als an meiner Aufgabe, den Mädels alles von Mechtis Unfall brühwarm zu erzählen, musste ich ja nicht unbedingt näher ausführen.

„Löblich", brummte mein Vater.

Aber ich brachte die halbe Nacht kein Auge zu. Das klang ja bald so, als ob meine Eltern mir das Tierheim verbieten wollten! Wahrscheinlich hatten sie Angst, dass ich das Baby mit Keimen verseuchte, noch bevor es auf der Welt war!

Und ich blöde Trine hatte diesem Kind auch noch das Zimmer gestrichen! Ich rollte mich in meine Bettdecke und schmiedete Katastrophenpläne. Abhauen? Auswandern? Auf jeden Fall musste ich morgen mal zur Bank und nachschauen, wie viel Geld auf meinem Konto war. Sicher ist sicher.

„Nun sag schon, wie geht's Mechti?", bestürmten mich die anderen drei am nächsten Morgen natürlich als Erstes.

„Du warst am Telefon so knapp", fand Jasmin. „Wie ist es denn genau passiert?"

„Tut es sehr weh?"

„Was hat Thorben gesagt?"

„Kommt er sie besuchen?"

„Was weiß ich!", herrschte ich sie alle zusammen an. „Ich hab ganz andere Probleme, falls das jemanden interessiert! Meine Eltern wollen mir anscheinend jetzt auch noch verbieten, ins Tierheim zu gehen!"

Meine Nachricht brauchte fünf Sekunden, um die Hirnwindungen meiner Freundinnen bis zur Schaltzentrale zu erreichen. Dann bestürmten sie mich wieder alle gleichzeitig.

„Das ist ja furchtbar!"

„Wieso denn so was auf einmal?"

„Die sollen doch froh sein, dass du dich engagierst!"

„Wie begründen sie das denn?"

„Und bist du dir wirklich sicher?"

„Klar bin ich mir sicher! Wenn mein Vater schon Worte wie ‚ständig' und ‚herumlungern' benutzt, dann ist es verdammt ernst und bedeutet einschneidende Grundsatzentscheidungen."

„Und was wird dann aus Brutus?“ Alex hatte den wunden Punkt genau getroffen.

Ein dicker, klumpiger Kloß formte sich in meinem Hals und blieb da fett und drückend sitzen.

„Wer ist Brutus?“, erkundigte sich Jasmin überrascht.

„Das ist doch Allys Hund, von dem ihre Eltern noch gar nichts wissen“, erklärte Lilly.

„Ach was?“, sagte Jasmin.

„Das halt ich nicht aus! Genau das hat mein Vater auch gesagt!“, schrie ich heiser. Meine Nerven lagen blank. Und dann heulte ich meinen Freundinnen erst mal geschlagene fünf Minuten was vor.

Als ich mich endlich wieder einigermaßen im Griff hatte, begann der Unterricht. Lilly und Alex war es irgendwie gelungen, mich blind vor Tränen bei ihnen eingehakt auf meinen Stuhl zu setzen.

„Ist jemand gestorben?“, erkundigte sich Claudia, eine von den Modepüppchen aus unserer Klasse, flüsternd.

Lilly schüttelte den Kopf.

Ich konnte ja noch nicht wieder vernünftig sprechen. Und ich hätte es auch gar nicht gewollt. „Nein, eher das Gegenteil: Es wird jemand geboren.“

„Oh Gott“, raunte Claudia. „Ally ist schwanger?“

„So entstehen Gerüchte“, spottete Alex.

„Nein, du Teppichfliese, nicht ich, sondern meine Mama“, schimpfte ich. „Und jetzt lass mich in Ruhe deutsch lernen.“

„Das nenn ich ein Statement", begrüßte uns im nächsten Moment unsere Deutschlehrerin, Frau Paulsen.

Ich putzte mir geräuschvoll die Nase und wischte mir über die Augen. Claudia sah mich noch eine Weile entsetzt von ihrer Sitzbank aus an. Ich sah es aus dem Augenwinkel und badete in Genugtuung. Wenigstens hatte dieser versaute Tag diesen einen kleinen Lichtblick für mich parat.

Jetzt kann ich mich sechs Wochen lang nicht bewegen", beschwerte sich Mechti.

„Es gibt Schlimmeres", meinte Alex gleichgültig und machte sich über die Katzenzungen her, die ich Mechti mitgebracht hatte.

Wir saßen zu viert um ihr Krankenbett herum. Und so schlecht ging es ihr darin wirklich nicht. Überall lagen Süßigkeiten und andere Geschenke verstreut. Ihre Eltern hatten ihr sogar den Videorekorder ans Bett gerollt, und wenn sie wollte, konnte sie sogar an den PC humpeln.

„So abgeschnitten von der Außenwelt bist du doch gar nicht", stellte auch Lilly fest.

„Mann, bist du dusselig", fand Jasmin. „Sie will natürlich nicht hier am PC sitzen, sondern in der Schule – wo noch jemand anders sitzt, sechs Wochen noch ... verstehst du???"

„Fünf Wochen", korrigierte Mechti weinerlich.

„Hat er sich denn inzwischen mal bei dir gemeldet?", fragte ich vorsichtig.

„Nein, keinen Piep“, antwortete Mechti kopfschüttelnd. „Es ist schon drei Tage her! Aus den Augen, aus dem Sinn.“

„Glaub ich nicht“, sagte Lilly tröstend.

„Ich kann mir das auch nicht vorstellen“, bestätigte Jasmin.

Nach einem rügenden Blick von ihr nickten Alex und ich gehorsam.

Da klopfte es an der Tür. Mechtis Mutter öffnete und steckte den Kopf hinein. „Mechti? Noch mehr Besuch für dich, soll er reinkommen?“

„Er?“, fragte Alex feixend.

„Thorben ist hier“, erklärte ihre Mutter lächelnd.

„Oh, dann gehen wir besser“, sagte Lilly rasch.

„Wieso das denn?“, fragte Alex. „Jetzt wird's doch gerade interessant.“

Ich zog sie am Ärmel. „Weil wir vielleicht stören, du neugierige Trine.“

„Oh Gott, ich seh furchtbar aus“, jaulte Mechti nach einem flüchtigen Blick in ihren Handspiegel. Ich stutzte: Die Frau hatte aber auch Sachen am Bett, die fanden sich in meinem ganzen Zimmer nicht!

„Haltet ihn noch eine Weile hin“, befahl Jasmin. „Ich schminke Mechti noch rasch.“

„Na, super Idee! Wie sollen wir das denn machen?“, nölte Alex.

„Erzähl ihm einen Schwank aus deiner Jugend“, riet Jasmin. „Was weiß ich? Tut es einfach!“

„Na, das ist doch die Gelegenheit", fand Lilly und riss die Tür auf.

„Hallo, Thorben", begrüßte sie ihn und drückte ihn dabei mit beiden Händen einen Meter zurück. „Du, sag mal, was ich dich immer schon mal fragen wollte ... Wie ist das denn nun genau passiert mit Mechti? Hattest du nicht ziemlich Panik, als sie da lag? Und was haben deine Eltern gesagt?"

„Äh", machte Thorben hilflos, aber da stürmte schon Alex auf ihn ein.

„Und wie ist das überhaupt, wenn man einen Vater hat, der Botschafter ist? Ist das dauernde Umziehen nicht furchtbar nervig? In welchen Ländern warst du eigentlich schon? Und musst du da nicht alle möglichen Impfungen haben?"

„Ja, also ..." Weiter kam Thorben aber nicht. Denn ich hatte auch noch was auf Lager.

„Stimmt es eigentlich wirklich, dass es in Großbritannien keine Tollwut gibt? Könntest du dir eigentlich jemals ein Haustier zulegen, ohne dass ihr Probleme an der Grenze hättet? Wie viele Sprachen sprichst du übrigens? Oder seid ihr dafür immer zu schnell wieder weggezogen? Aber mit Englisch hat es ja ganz gut geklappt, oder?"

„Ja, äh ..." Thorben hatte keine Chance. Er lehnte an der Wand und hielt tapfer ein kleines Blumensträußchen umklammert.

„Himmel, seid ihr neugierig. Nun lasst den armen

Thorben doch erst mal reinkommen. Wir müssen jetzt eh los. Tschüss, Thorben, bis dann!", flötete Jasmin ohne einmal Luft zu holen und zog uns – die Augen verdrehend – mit sich fort.

„Ja, okay"

„Wir müssen dann los!"

„Schade. Tschüss, Thorben!"

Und raus waren wir.

„Boah!", platzte Alex heraus, sobald die Tür hinter uns ins Schloss gefallen war. „Ich dachte, den trifft entweder auf der Stelle der Schlag, oder er haut rückwärts wieder ab. Tapferes Bürschchen."

„Der hält uns jetzt für absolut durchgeknallt", japste ich.

„Hast du Mechti hingekriegt?", wollte Lilly wissen.

„Ja, genau", nickte Alex. „Erzähl!"

„Na ja, was man in der Kürze der Zeit so zaubern kann", sagte Jasmin achselzuckend. „Bisschen Wimperntusche und Kajal. Mehr war auch gar nicht nötig. Auf Rouge konnte ich bei Mechtis geröteten Wangen getrost verzichten. Lipgloss finde ich auf dem Krankenlager unpassend. Und gegen ihre hektischen Flecken hätte nicht mal Theaterschminke gereicht."

„Lippenstift schmeckt auch nicht, wenn man knutschen will", grinste Alex.

„Glaubst du, die küssen sich jetzt?", fragte Lilly erstaunt.

„Glaub ich nicht", wehrte ich ab.

„Wozu sind wir denn dann abgehauen?", fragte Alex beleidigt.

„Hauptsache, du hast ihr das mit den hektischen Flecken nicht gesagt. Sonst kriegt sie nur noch mehr", mischte sich Lilly ein.

„Natürlich nicht", verneinte Jasmin. „Ich kenn unsere Mechti ja nun auch schon ein paar Tage!"

„Wanda, ich sage dir, schaff dir keine Clique an. Da ist immer mehr los, als dir lieb ist, und du kommst überhaupt nicht mehr zu deinen eigenen Problemen!"

Meine warzige Freundin sah mich mit großen Krötenaugen an.

„Oh verflixt, ja. Ich weiß: Ich hab dir versprochen, Heuschrecken fangen zu gehen. Aber du siehst ja, wo mir der Kopf steht! Morgen", versprach ich.

Dann fiel mir ein, dass ich da wieder ins Tierheim wollte – das hatte ich nämlich Brutus versprochen. Und dadurch erinnerte ich mich wieder an die unschöne Auseinandersetzung mit meinen Eltern.

„Ach Wanda, was machen wir nur?", seufzte ich.

Wanda legte den Kopf schief und stierte mich weiter an.

„Was heißt, ich soll mir keinen Kopf machen? Du hast leicht reden, du kriegst von mir alles, was du zum Leben brauchst. Aber zu meinem Leben gehören Brutus und das Tierheim ..."

Wanda blinzelte.

„... und du im übrigen auch", fügte ich eilig hinzu.

Hinter mir räusperte sich jemand. „Ally?"

Ich fuhr herum. Meine Mutter!

„Wie lange stehst du schon da?", fragte ich.

„Du hast mein Klopfen nicht gehört", sagte sie und zögerte. Sie sah traurig aus, und es wirkte, als ob sie noch etwas sagen wollte, aber dann änderte sich ihr Gesichtsausdruck. „Essen ist fertig, kommst du?"

Ich nickte und schloss Wandas Deckel. Da fiel mir erst auf, dass sie gar nicht richtig geantwortet hatte. Ob sie alles mit angehört hatte? Meine Gespräche mit Wanda waren Privatsache!

„Ich möchte einen Schlüssel für mein Zimmer", verkündete ich beim Essen. Ich war immer noch stinksauer wegen des Eindringens meiner Mutter und dass ich es nicht auf die Reihe bekommen hatte, sie direkt darauf anzusprechen.

„Wieso denn das so plötzlich?", erkundigte sich mein Vater. Meine Mutter schwieg und stocherte in ihren Spagetti herum.

„Ich will nicht, dass das Baby mir Seiten aus den Büchern reißt und meine Schulsachen durcheinander bringt", behauptete ich.

„Ally, bis das Baby krabbeln kann, vergehen Monate, ein Dreivierteljahr wahrscheinlich!", erklärte meine Mutter.

„Mir egal. Ich will jetzt einen Schlüssel", beharrte ich. „Mein Zimmer ist privat."

„Du kannst ein Schild mit der Aufschrift ‚Bitte nicht stören' aufhängen, aber einen Schlüssel gibt's nicht. Im Notfall muss ich Zugang haben", beschloss mein Vater. „Stell dir vor, du bist krank, der Schlüssel steckt, und ich komm nicht rein."

„Dann kannst du doch die Tür aufbrechen", argumentierte ich.

Meine Eltern schenkten mir diese berüchtigten Ally-jetzt-wirst-du-aber-viel-zu-albern-für-dein-Alter-Blicke. Darum hielt ich dann doch besser die Klappe. Aber nur unter Protest. Ich reagierte mich ab, indem ich gleich als Nächstes ein Riesenschild mit einem Totenkopf und gekreuzten Knochen malte:

Zutritt unter Lebensgefahr und allen Umständen verboten!

Und drunter schrieb ich auf Englisch: *„Out of Bounds"*. Was das genau hieß, wusste ich nicht. Ich hatte es mal auf einem von Bobs Dias gesehen und mir nur gemerkt, dass es ein Verbotsschild war. Genau das Richtige für meine Familie! Einfach meine geheimen Krötengespräche zu belauschen!

Und dann hängte ich mich ans Telefon und rief Mechti an. Aber da war besetzt. Typisch! Also rief ich bei Jasmin, Alex und Lilly an. Alle drei Leitungen besetzt. Allen Regeln der Wahrscheinlichkeit nach telefonierte eine von ihnen gerade mit Mechti und die anderen beiden miteinander, um sich auf den neusten Stand der Dinge zu bringen. Da hieß es nur noch eine halbe Stunde warten, bis eine von ihnen aufgelegt hatte und mich anrufen würde.

Keine fünf Minuten später klingelte es auch schon.

Aber es war gar nicht Lilly, und auch nicht Mechti, Jasmin oder Alex, sondern Dr. Rosenboom, der Gynäkologe meiner Mutter.

„Mama, du sollst ans Telefon kommen, dein Frauenarzt ist dran", richtete ich aus. Meine Eltern saßen noch am Esszimmertisch und unterhielten sich. Worüber, hatte ich nicht mitbekommen, aber es schien um mich gegangen zu sein. Jedenfalls war es offenbar ein ernstes Thema, und sie verstummten sofort, als ich in Hörweite kam.

„Ist was?", erkundigte ich mich bei meinem Vater, während meine Mutter telefonierte.

„Nein, was soll sein?", fragte er unschuldig zurück.

Als meine Ma zurückkam, war sie ziemlich bleich.

„Ich muss ins Krankenhaus", verkündete sie, nachdem sie sich wieder gesetzt hatte. „Die haben heute morgen meine Werte im Labor verwechselt. Da stimmt irgendwas nicht. Ich soll mich sofort einliefern lassen."

Mein Vater sprang sofort auf. „Bleib sitzen", rief er. „Wie gut, dass wir den Klinikkoffer schon gepackt haben. Ich fahr dich. Wo ist dein Kulturbeutel?"

„Im Bad", rief meine Mutter und hielt die Hände schützend vor ihren Bauch. „Es fehlt nur noch die Zahnbürste und das Deo."

Ich hatte irgendwie das Gefühl, im falschen Film zu sein. „Was bedeutet das?", fragte ich heiser und konnte den Blick nicht von ihren streichelnden Händen wenden.

„Mach dir keine Sorgen, Ally", sagte meine Mutter weich. Aber ihre Stimme zitterte ein ganz klein wenig.

Und ich machte mir Sorgen, und wie! Ob es meine Schuld war, dass es dem Baby nicht gut ging? Weil ich immer so dagegen war? „Kann ich mit?", fragte ich.

Meine Mutter schüttelte den Kopf. „Heute erst mal nicht, Ally, einer muss hier die Stellung halten, bis wir wieder da sind."

Mein Vater rannte im Eiltempo den Flur hinauf und hinab. „Wo ist der Autoschlüssel?", rief er hektisch.

„Am Schlüsselbrett, wo er immer hängt", rief meine Mutter und streckte eine Hand nach mir aus.

„Und deine Jacke?"

„Die brauch ich nicht."

„Dann können wir los", sagte er atemlos.

Ich half Mama auf. „Lass gut sein, Ally", lächelte sie mir zu und strubbelte mir über den Kopf. So hatte sie es immer gemacht, als ich noch klein war. Aber ich beschwerte mich nicht.

„Vor dem Anruf konnte ich auch noch gehen. Wird schon nicht so schlimm werden."

Ich nickte stumm und sah ihnen vom Fenster aus nach.

Ich schämte mich. Und am meisten schämte ich

mich, weil ich an Brutus dachte. Den armen kleinen Kerl würde ich nun versetzen müssen. Ich rief als Erstes im Tierheim an, um Bescheid zu sagen.

„Oh, das ist ja furchtbar, Ally", sagte Frau Dellbrügge ehrlich besorgt. „Bestell deiner Mutter schöne Grüße und wünsch ihr gute Besserung von mir. Wird schon schief gehen. Kopf hoch, Ally. Und in Brutus kriege ich schon auch ein bisschen Futter rein, die letzten Tage, die er noch hier ist."

„Die letzten Tage?", kreischte ich aufgerüttelt. „Was meinen Sie damit? Es besteht doch überhaupt keine Veranlassung, ihn einzuschläfern! Der Tierarzt hat doch selber gesagt, dass er gute Fortschritte macht? Und ich kriege das auch noch hin, dass er Futter von anderen annimmt, bitte!" Ich flehte inständig. Das waren einfach zu viele schlechte Nachrichten an einem Tag.

„Ally, nun beruhige dich doch und hör auf zu weinen", hörte ich Frau Dellbrügge dazwischenreden. „Ich dachte, deine Eltern hätten schon mit dir gesprochen, tut mir Leid, dass ich dazwischengefunkt bin. Das ist mir so rausgerutscht."

„Was denn? Ist er vermittelt? Hat er einen anderen Besitzer gefunden?"

Deswegen waren meine Eltern in den letzten Tagen so komisch gewesen, natürlich! Das erklärte einiges! Sie wollten mir den Abschiedsschmerz von Brutus erträglicher machen, indem sie mich einfach vom Ort des Geschehens fern hielten! Deshalb sollte ich nicht mehr ins Tierheim. In meinem Kopf formte sich ein Bild.

Frau Dellbrügge sagte irgendetwas, aber ich bekam gar nichts mehr mit. „... muss jetzt auflegen, Ally. Wir hören uns, sobald du Nachricht vom Krankenhaus bekommst, ja? Mach dir keine Sorgen, es passiert schon nichts. Grüße deine Eltern bitte herzlich von mir! Und jetzt machen wir besser die Leitung frei, falls sie anrufen."

Ich stutzte einen Moment, woher die Tierheimleiterin meine Eltern kannte. Aber dann passte es wieder zusammen: Natürlich, sie hatten ja offensichtlich über mich und meine Tierheimaktivitäten geredet. Ohne mein Wissen natürlich. Hier geschah ja im Moment alles hinter meinem Rücken.

Da klingelte das Telefon schon wieder. „Ja?", sagte ich heiser.

„Stundenlang ist bei euch besetzt! Mann, ich wollte dir erzählen, wie es Mechti mit Thorben ergangen ist. Stell dir vor ..." Jasmin unterbrach sich selbst und hielt einen Augenblick inne. „Ally? Geht's dir nicht gut?"

Ich fing an zu heulen wie ein Schlosshund. „Meine Mutter liegt im Krankenhaus, und mein Brutus wird vermittelt, und ich bin an allem schuld."

„Gib mir fünf Minuten", sagte Jasmin und knallte den Hörer auf.

Es dauerte sechs Minuten, dann standen Lilly, Jasmin und Alex zusammen bei uns an der Haustür und klingelten Sturm.

Alex hatte eine riesengroße Tafel Schokolade dabei. „Notfallmedizin", verkündete sie und strahlte mich aufmunternd an.

Ich grinste schief und wischte mir die Tränen ab. Wir gingen in mein Zimmer und fielen sofort über die Tafel her.

„Ummmp jepppft erpppfähl", bat Lilly mit vollem Mund.

Ich schluckte ein paar Tränen herunter und spulte die Ereignisse des Tages herunter, wie sie mir in den Sinn kamen. „... und jetzt sind sie im Krankenhaus, und ich weiß überhaupt nicht, was los ist, und Brutus wartet bestimmt auf mich. Ich hab's ihm doch versprochen, dass ich heute komme, und ich bin bestimmt schuld, dass meine Mama ihr Baby verliert." Ich heulte wieder los.

„Das ist ja noch lange nicht raus, dass es gleich so dick kommt", meinte Jasmin.

„Also glaubst du auch, dass ich schuld bin", jammerte ich.

„Das hab ich doch überhaupt nicht gesagt", verteidigte sie sich.

„Nun hört auf, euch zu streiten", bat Alex.

Ich schniefte.

„Mir geht das mit Brutus nicht aus dem Kopf", überlegte Lilly. „Deine Mutter war so interessiert, sie hat mich neulich richtig ausgequetscht nach dem Hund und dem Tierheim und dass dir das alles ja anscheinend so sehr wichtig ist."

„Ist es auch“, sagte ich weinerlich. „Mich fragt sie das nie. Mit mir redet ja überhaupt niemand mehr in dieser Familie, seit wir ein Baby kriegen.“

„Ob das vielleicht auch daran liegt, dass du niemandem mehr zuhörst und ein klein bisschen zickig bist?“, wandte Alex ein.

„Das war sie doch vorher auch schon“, behauptete Jasmin.

„Ach!“, gab ich zurück. Dummerweise hatte sie womöglich sogar Recht. „Und was ist jetzt mit Mechti?“

Die drei sahen mich überrascht an. „Der geht's wieder viel besser“, erzählte Jasmin dann und verkniff sich einen Kommentar zu meinem plötzlichen Themawechsel.

„Ich soll schön grüßen“, warf Lilly dazwischen.

„Thorben ist jetzt wirklich in der Französisch-AG und zieht in vier Wochen mit seinen Eltern weg. Aber er besucht Mechti jeden Tag, bringt ihr die Hausaufgaben, und sie wollen sich schreiben“, berichtete Alex.

„Mailen, sie wollen mailen“, berichtigte Lilly.

„Ja, ja“, winkte Alex ab.

Ich grinste.

„Na, es geht dir ja schon besser“, freute sich Jasmin.

Ich nickte. „Aber was wird denn nun aus Brutus?“

„Ich glaube nicht, dass Frau Dellbrügge ihn einfach vermittelt, ohne dass du dich von ihm verabschieden kannst. Vielleicht kannst du ihn ja in seinem neuen Zuhause besuchen?“, versuchte es Jasmin.

„Oder du kannst ihn sogar nach wie vor ausführen?", erwog Lilly.

„Aber ich wollte ihn doch so gerne haben. Er gehört doch mir, Frau Dellbrügge hat ihn mir doch geschenkt", schniefte ich. Ein neuer Kloß krabbelte in meinem Hals hoch.

„Wir haben noch mal richtig Glück im Unglück gehabt", erzählte mir meine Mutter strahlend. Sie war immer noch ziemlich blass, und aus ihrem Handrücken ragte eine Kanüle. Sie lag in einem von diesen hochmodernen, in alle Richtungen verstellbaren Krankenhausbetten.

Ich stand ein wenig hilflos an ihrer Seite, mein Vater saß so knapp auf der Kante, dass er jeden Moment herunterzurutschen drohte.

Gerührt stellte ich fest, dass auf ihrem fahrbaren Nachttisch ein Foto von mir stand.

„Was war denn nun?", fragte ich zögernd. Ich fühlte mich immer noch schuldig.

„Dem Baby geht es gut. Die Ärzte haben mich noch einmal gründlich untersucht. Es waren Bakterien im Fruchtwasser, weil sich der Muttermund schon ein wenig geöffnet hatte. Das muss nach der letzten Untersuchung passiert sein."

Die Frau, die das Nachbarbett im Zimmer meiner Mutter hatte, wachte auf und schielte aus den Augenwinkeln zu uns hinüber. Ich tat, als würde ich es nicht bemerken.

„Und jetzt?“, fragte ich vorsichtig nach.

„Jetzt bleibe ich ein paar Tage hier und schone mich. Das musste ich dem Arzt versprechen. Er hat den Muttermund mit einem Ring wieder verschlossen, wie mit einem kleinen Gummi – und nun hat unser Baby wieder seine Ruhe.“ Sie strahlte mich an.

Ich zwirbelte einen Zipfel ihrer Bettdecke in meinen Fingern hin und her. „Mama ...“, stammelte ich.

„Ja, was ist denn, mein Schatz?“

„Bin ich schuld, dass du jetzt hier liegen musst?“

„Ach, mein armes Herzchen. Nein, natürlich nicht!“, sagte meine Mutter und schloss mich gerührt in ihre Arme. „Wie kommst du denn auf so etwas?“

„Na, weil ich so unleidlich war und immer gesagt habe, dass ich kein Geschwisterchen haben will ...“, murmelte ich kleinlaut. „Ich hab ja nicht mal mitbekommen, dass ihr mir das schon ein paar Mal beibringen wolltet, dass wir Nachwuchs kriegen. So ich-fixiert war ich. Ich hab mich benommen wie das allerletzte Ekel.“

„Aber das hast du doch gar nicht“, widersprach meine Mutter und legte mir ihren Zeigefinger unters Kinn, so dass ich sie anblicken musste. „Höchstens wie das vorletzte!“ Sie zwinkerte mir zu. „Wir verstehen durchaus, dass es eine Umstellung ist, wenn man sich damit anfreunden soll, bald nicht mehr Einzelkind zu sein.“

„Aber mein Zimmer behalte ich doch, und Wanda auch?!", rutschte es mir heraus.

Meine Mutter lachte. „Ja, sicher doch, Ally. Das stand doch nie zur Debatte, und das weißt du auch. Sonst hättet ihr ja das Zimmer völlig umsonst gestrichen!"

„Aber Wanda auch", beharrte ich.

„Natürlich bleibt Wanda. Wie kommst du nur darauf, dass sie wegsoll?", mischte sich mein Vater verblüfft ein.

„Weil Mama doch gesagt hatte ... ob sie nicht einsam ist ..." Ich schwieg. Es war zu peinlich.

Aus dem Augenwinkel sah ich, dass Mamas Zimmergenossin wieder neugierig zu uns herübersah.

„Lilly hat mir außerdem erzählt, dass du heimlich wickeln geübt hast und bei ihr lernen willst, wie man Babys richtig trägt und badet", fuhr meine Mutter fort.

Ich musste dringend ein großes Huhn mit Lilly rupfen, schoss mir in den Kopf. So hemmungslos zu übertreiben! Jetzt musste ich das mit dem Baden und Wickeln wirklich angehen!

„Ach was, und was hat sie dir noch erzählt?", fragte ich beleidigt.

„Dass die Tierheimtiere dir sehr viel bedeuten, hat sie uns gesagt", antwortete meine Mutter.

Das fand ich von Lilly ja nun wieder zauberhaft, dass sie sich so für mich einsetzte. Sie konnte schon ein echter Schatz sein, wenn sie wollte.

„Hauptsache, du vernachlässigst die Schule nicht

darüber und wäschst dir immer gut die Hände", polterte mein Vater dazwischen. „Ich habe einen Artikel darüber gelesen, was da so alles für Keime rumschwirren. Nicht, dass du uns auch noch krank wirst."

„Blödsinn", widersprach ich. „Ich pass schon auf. Und außerdem mach ich da ja immer gründlich sauber. Die Zwinger werden mit Desinfektionsmittel geschrubbt. Da passiert nix, Papa."

„Na, dann ist es ja gut", grummelte er und sah aus dem Fernster. Wahrscheinlich ging er im Geiste schon wieder irgendeinen Aufsatz durch, den er demnächst über seine historischen Papierschnipselpuzzles veröffentlichen würde.

„Oh, ich soll von Frau Dellbrügge grüßen", fiel mir da ein.

Meine Mutter sah mich erstaunt an. „Wie seid ihr denn auf mich zu sprechen gekommen?", wollte sie dann wissen.

„Na, ich konnte doch nicht ins Tierheim und Brutus füttern, weil du ..." Ich unterbrach mich. Das klang schon wieder fast wie ein Vorwurf. „Ich musste doch Bescheid sagen, dass ich nicht kommen konnte, um Brutus zu füttern."

Die Frau im Nachbarbett starrte immer noch höchst interessiert zu uns herüber. Ich schenkte ihr einen giftigen Blick. Endlich widmete sie sich wieder ihrem Dreigroschenroman.

Meine Mutter schmunzelte.

„Brutus!“, schnaufte mein Vater. „Was ist das denn für ein Name für einen Hund?“, fragte er und sah weiter aus dem Fenster. Dabei wippte er auf den Füßen vor und zurück und hatte die Hände dabei im Rücken verschränkt.

Meine Mutter seufzte. „Das musst du schon deiner Tochter überlassen, wie sie ihren Hund nennt.“

„Das war doch der Tierarzt“, erklärte ich gerade, als die ganze Botschaft der Antwort meiner Mutter angekommen war. Zumindest hoffte ich, dass es sich nicht wieder um ein Missverständnis handelte. Aber es war so unglaublich!

„Mein Hund?“, fragte ich nach. „Meinst du damit ... mein Hund?“

„Kind, deine Beherrschung der deutschen Sprache war auch schon einmal besser“, mischte sich mein Vater ein und drehte sich endlich um. „Aber ins Bett darf er nicht, dass wir uns da klar verstehen.“

„Oh Papa! Mama!“ Ich lachte und heulte gleichzeitig.

„Haben Sie das mitbekommen?“, rief ich zur Bettnachbarin meiner Mutter.

Sie rutschte noch ein Stück tiefer in ihren Kissen und drehte sich empört schnaufend auf die andere Seite.

„Ich bekomme einen Hund! Brutus darf zu uns nach Hause! Wann denn?“, fragte ich überglücklich.

„Am besten schon in den nächsten Tagen“, fand meine Mutter. „Ich möchte ihn stubenrein wissen, bevor deine Schwester einzieht.“

Da war es an meinem Vater, sprachlos dreinzuschauen.

„Noch ein Mädchen? Herrje!“, brachte er dann schließlich hervor.

Ich dagegen grinste breit wie ein Honigkuchenpferd. Mädchen fand ich prima. Die entwickelten sich auch viel schneller als Jungs. Und dann waren sie gar nicht mehr Baby, sondern kleine Schwester. Und das klang gut.

Zwei Zehntelsekunden später lagen wir dann alle auf Mamas Bett übereinander und heulten und lachten und quietschten durcheinander.

Und die Bettnachbarin meiner Mutter vergrub sich unter ihrer Decke. Aber das war uns vieren herzlich egal.

Karin Müller

Falsche Liebe - echte Diebe

In Allys Clique geht es drunter und drüber: Jasmin hat sich in den Mathelehrer verknallt und ist auf einmal nicht mehr zu gebrauchen. Und als ob das nicht genug wäre - während des Sportunterrichts wird immer wieder Geld geklaut. Alex wird von allen verdächtigt. So eine Gemeinheit! Die Clique muss beweisen, dass sie damit nichts zu tun hat ...

144 Seiten, ab 10

Nortrud Boge-Erli

Das Geheimnis der Viola Valenza

Friederike Stark kann es einfach nicht fassen: Diese blöde Neue aus ihrer Klasse heißt bis aufs i-Tüpfelchen wie sie. 2 x STARK – das geht doch nicht. Na, der wird sie's zeigen! Doch die neue Friederike hat offenbar was auf dem Kasten. Denn sie bringt Licht in den geheimnisvollen Fall um den verschwundenen Popstar Viola Valenza.Vielleicht können die beiden Mädchen das Rätsel lösen?

144 Seiten

Schneider Buch

Bibliografische Information Der Deutschen Bibliothek
Die Deutsche Bibliothek verzeichnet diese Publikation in der Deutschen Nationalbibliografie; detaillierte bibliografische Daten sind im Internet über http://dnb.ddb.de abrufbar.

Der Schneider Verlag im Internet:
http://www.schneiderbuch.de

Titelbild und Illustrationen: Sabine Lochmann
Herstellung/Satz: FIBO Lichtsatz GmbH, Unterhaching
Druck: Clausen & Bosse, Leck
Bindung: Conzella Urban Meister, München-Dornach
ISBN 3-505-11910-5

03 04 / 8 7 6 5 4 3 2 1